講談社編

29

AOBA YU
AKAGAWA JIRO
ASHIZAWA YOU
ADUKI MAHIRU
ABE AKIKO
AYASAKA MITSUKI
IGARASHI RITSUTO
OYAMA SEIICHIRO
OGAWA ISSUI
ONODERA FUMINORI
KAKIHARA TOMOYA
KAWAMURA TAKUYA
KUSHIKI RIU
KENSHIKA MAMITARO
SANO TETSUYA
SHIOTANI KEN
SHINOHARA MIKI
SUDO KOTORI
TAKADA TAKAFUMI
TAKEMOTO KENJI
NATSUKAWA SOSUKE
NAMIKI DOU
NISIOISIN
HASE SATOSHI
MASAKI MASAMUNE
MASHITA MIKOTO
MITSUDA SHINZO
YABE TAKASHI
YOSHIKAWA TORIKO

嘘をついたのは、初めてだった

講談社

嘘《うそ》をついたのは、初めてだった　目次

装幀　鈴木久美
装画・挿画　西山寛紀

嘘をついたのは、初めてだった

嘘《うそ》の代償

須藤古都離

嘘《うそ》をついたのは、初めてだった。

あれは僕が陸軍に入って五年目の出来事だった。

嘘をつく。そんなことは恐ろしくて考えたこともなかった。

それでもあの時、嘘をつかずにはいられなかった。僕が受けた命令は、どう考えてもおかしなものだったのだから。

僕の嘘が問題になることはなかった。僕の嘘のせいで、上官も含めて二百人もいた仲間が全員殺されてしまったからだ。そして僕も四十人以上を殺すことになった。僕が殺したのは敵兵ではない。農作業もできない老婆から生まれたばかりの子供まで、田舎《いなか》に住んでいるただの村人たちだった。


北部の駐屯部隊が交戦状態にあるとの情報を受け、一番近くにいた僕たちの中隊が救援に向かうことになった。北部には争いの種どころか、脅威となるような敵の軍隊すらいなかったのにもかかわらず、戦闘があったらしい。僕らは違和感を覚えながらも、北部に向かった。

二日後に受け取った報告はさらに信じがたいものだった。既に我が軍は敗北、それも主力の一個大隊がわずか二晩の内に殲滅《せんめつ》されてしまったとのことだった。何よりも驚くべきことに、敵はたった一人だったというのだ。

僕たちは夜も止まらずに行軍した。深い森の中を進む間、僕らはいつものように無駄口を叩《たた》く余裕などなかった。どんな恐ろしい敵が潜んでいるのか、僕らには想像もつかなかった。

件《くだん》の部隊が駐屯していた村にたどり着くと、僕たちは一斉に安堵《あんど》のため息をついた。村の周りの畑では農民たちが野菜の収穫に勤《いそ》しんでおり、その姿に不審なところはひとつもなかった。

村の入り口では子供たちがワイワイと遊びまわり、家畜たちが呑気《のんき》な鳴き声を上げている。何日も緊張を強《し》いられていた僕たちは、意外なほど牧歌的な雰囲気に呆《あき》れてしまった。

報告が間違っていたのだ、そもそも一個大隊が二晩で消え去るなんてありえない。そんなことを隊員たちは口々に喋《しゃべ》りだした。

だが隊長だけは異常事態にいち早く気づき、隊員を黙らせた。そこにいるべき歩哨《ほしょう》がいなかったのだ。それだけではない、八百人以上いるはずの駐屯部隊兵が一人も村にいなかった。

村人に事情を尋《たず》ねると、村の裏に案内された。そこには死体が山と積まれていた。兵隊を襲ったのは山の神だ、神の怒りに触れたのだ、村人たちは口を揃《そろ》えてそう言うだけで、なんの情報も得られなかった。

僕たちはこれまでに幾度も戦火を潜《くぐ》り抜《ぬ》けてきた。死体の山を見るのは初めてではない。だからこそ、兵隊たちが戦争で死んだのではないことがよく分かった。彼らは銃火器で死んだのではない。どの死体も、まるで巨大な獣の爪《つめ》に引き裂かれたように見えた。

駐屯部隊が使っていた仮設キャンプは、誰のものか分からない四肢や内臓が飛び散ったままで、片づけて利用するには余りにも悍《おぞ》ましい状態だった。僕らは村から一時間ほど離れた場所に野営地を作った。本来であれば村から住居を徴用すれば済む話なのだが、隊長は野営地の設営を指示した。

「今回の作戦のターゲットは、たった一人の少女だ」

翌日の午後に作戦会議が始まった途端、僕は驚きの余り、その場で立ち上がってしまった。隊長が幕に投影した写真の少女が、間違いなく僕の幼馴染《おさななじみ》のゾーイだったからだ。

僕の動揺に気が付いた隊長は、始まったばかりの会議を中断した。テントの外に連れて行かれた僕は事情を説明した。

ターゲットがゾーイで間違いないことを確認した隊長は、僕に信じられないことを語った。ゾーイがたった一人で駐屯部隊を全滅させたと言うのだ。

ゾーイに接近して、毒を盛れ。彼女が動かなくなったら、躊躇《ちゅうちょ》せずに首を切り落として、即座に鉄の籠《かご》に入れ、蓋《ふた》を閉めてから池に捨てるのだ。残った体は燃やして、全《すべ》て灰になるまで見張れ。

それが僕に与えられた命令だった。

恐ろしい命令に躊躇《ためら》う僕には、抗議することはもとより、質問をすることさえも許されなかった。


私服に着替えてから一人で村を再訪した僕は、ゾーイと再会を果たした。彼女と離れ離れになってから八年以上経《た》っていたが、彼女は僕のことをよく覚えていた。

当時、僕らの村には年齢が近い子が少なく、彼女とは毎日遊んでいたのだ。まるで兄妹《きょうだい》のように仲が良かった僕らだったが、彼女の両親が故郷に戻ることになり、それ以来会うことはなかった。

僕は旅の途中で道に迷ってしまったのだ、と彼女に告げた。戦闘服姿の僕を見られていなかったことに安心すると、彼女と一緒に村の周りを散策した。

小川のほとりに二人で座り、何時間も話し続けた。長く艶《つや》やかな黒髪も、大きく口を開ける豪快な笑い方も変わっていなかった。彼女の指は細く、綺麗《きれい》に整えられた爪は美しかった。

彼女の瞳《ひとみ》をじっと見つめていると、何年も感じたことのない安らぎを覚えた。僕は軍に入ってからどれだけ自分に無理を強いていたのか、初めて気が付いた。戦闘服を脱いで、彼女と二人でいるだけなのに、それだけで幸せなのだ。

僕は彼女に僕が受けた命令を漏らした。何かの間違いで君は軍から狙《ねら》われている、すぐに逃げてくれと。僕は軍を抜けるから、どこか遠いところで、二人で一緒に暮らそう。僕はゾーイの手を握りながら、真剣に話した。

しかし、彼女は僕の話を変な冗談だと思ったのか、笑い飛ばした。そして彼女は僕の手を引いて、自分の家まで連れて行った。僕は彼女の家で一晩を過ごした。

翌朝、僕は彼女に村を離れるように再度伝えてから、部隊に戻った。

隊長に命令を遂行したと嘘を告げると、彼は僕の昇進を約束してくれた。

それからのことはよく覚えていない。一体何があったのか、記憶は曖昧《あいまい》だ。

夕方から歩哨に立っていた僕は、いつの間にか気を失っていた。気が付いた時には僕の中隊は既に全滅していた。野営地は炎に包まれており、死体が燃える時に特有の悪臭が漂っていた。

僕は必死になって生存者を探した。煙が目に染《し》みて、涙が止まらなかった。涙を拭《ぬぐ》いながら野営地を走っていると、何かにつまずいて転んだ。視線をやると、仲間の死体だった。

仲間の頭部がいくつも地面に転がっていた。一緒に行軍した仲間の脚が、一緒に銃を握った仲間の腕が、まるでただの薪のように散乱していた。

　僕は、ただ一人生き残ってしまった。

　朝日に白み始めた空の下、僕は死体の山の中に巨大な獣の姿を見た。獣の全身を覆《おお》う黒い毛は、返り血で真っ赤に染まっていた。獣は恐ろしい双眸《そうぼう》で僕を睨《にら》みつけると、すぐにゾーイの姿に変わった。

　ゾーイは裸だった。ふっくらと艶《なま》めかしい唇《くちびる》からは血が滴《したた》っており、彼女は白く滑《なめ》らかな腕でその赤い雫《しずく》を拭った。

　彼女はゆっくりと目の前まで来ると、僕を抱きしめた。

「私たちはただ、静かに暮らしていたいだけなの。なんで放っておいてくれないの？」

　彼女の問いに、僕は何も答えられなかった。

「話してくれてありがとうね。信頼できるのはあなただけ」

　僕は指一本さえも動かすことが出来なかった。

「この村で一緒に暮らしましょうよ。ここは軍隊が来なければ、静かで自由な場所なの。お願い、あなたがいてくれれば、私はそれだけで幸せなの」

　彼女の言葉に、僕は無言で頷《うなず》いた。

　その夜、僕は隣で寝ていた彼女の首を切り落として、鉄の籠に入れてから池に沈めた。彼女の体を燃やし、夜の内に村の井戸に毒を仕掛けた。
次の日は毒で動けなくなっている村人を一人ずつゾーイと同じように殺した。村を焼き尽くすまで、僕は何も考えていなかった。

あれは戦争だったのだ。
僕は命令に従っただけだ。
先に殺したのは彼女の方だ。
多く殺したのは彼女の方だ。
他《ほか》の選択肢なんて僕にはなかった。
僕だって静かに暮らしていたかっただけだ。

あれから僕は、毎日自分に嘘をつき続けている。

偽証の誓約

五十嵐律人

嘘《うそ》をついたのは、初めてだった。

『良心に従って真実を述べ、何事も隠さず、偽りを述べないことを誓います』

高校二年生の秋。裁判官の前で宣誓書を読み上げてから、僕は最初の嘘をついた。

「智也《ともや》が茜音《あかね》に、『屋上から飛び降りて死ね』と言いました」

「その場にあなたもいたのですか？」

「はい。茜音が死んだのは、智也のせいです」

緊張を悟られないように、小さく息を吐《は》いて周囲を見回した。長椅子《ながいす》に座っている智也は、今にも殴りかかってきそうな形相で僕を睨《にら》んでいた。

【法律により宣誓した証人が虚偽の陳述をしたときは、三月以上十年以下の懲役に処する】

宣誓に反して嘘をつくと、偽証罪という罪に問われる可能性がある。刑罰も定められているから正直に答えるように……。証人尋問の冒頭で、そう裁判官に忠告された。

脅しだと決めつけたわけじゃない。バラエティ番組のフリみたいに理解したわけでもない。

智也が許せないから、自分自身が許せないから——、僕は茜音の死を偽った。

校舎の屋上から飛び降りて命を絶った茜音は、僕の幼《おさな》馴染《なじみ》だった。同じ街で生まれ育って、家が隣同士で、家族ぐるみで仲が良かった。仲が良すぎたのだ。

僕の母親と茜音の父親が家を出て行ったときも、何か事情があるのだろうと、残された家族はどこか楽観的に考えていた。「いい子にしていれば帰ってくる」と、スーツケースを持った父親は茜音の頭を撫《な》でたらしい。けれど、一年以上待っても二人は戻ってこなかった。

父親が言い残した無責任な言葉を信じて、茜音はいい子でい続けたのに。

それ以来、茜音は嘘を憎むようになった。

遅刻の言い訳、その場しのぎのごまかし、ご機嫌取りの誉《ほ》め言葉……。そこに嘘の気配を感じ取っただけで、茜音は哀《かな》しそうに眉根《まゆね》を寄せた。

「嘘はつかないって約束しよう」

いつの間にか、仲良しだった僕たちの家族には亀裂《きれつ》が入っていた。

せめて僕と茜音だけは、あの頃と同じように手を取り合ったままでいたい。だから僕たちは、小指を絡ませて正直者でいることを誓った。

『指きりげんまん、嘘ついたら針千本飲ます。指きった』

そう声を揃《そろ》えた後も、僕たちはしばらく小指を離さなかった。

正直者は馬鹿《ばか》を見る——。この世界は、適度な嘘で足元を固めないとすぐに転んでしまう。中学二年生の頃には、偽らない生き方に陰《かげ》りが見え始めていた。

クラス対抗の合唱コンクールで、音程がまったく合っていないクラスメイトが「私、迷惑を掛けてる？」と指揮者の茜音に訊《き》いた。求められていた返答は〝ノー〟だった。現実を突きつけたところで誰も得をしない。それでも茜音は、音程のズレを指摘した。

勉強も運動も人並み以上にできて、人付き合い以外の欠点は見当たらない。人目を引くから意見を求められることも多く、本音で答えるたびに茜音は集団の中で孤立していった。

僕と茜音では、置かれている立場が違いすぎた。相槌《あいづち》を打つだけなら嘘も本音も関係ない。皮肉なことに、僕は凡庸であったが故《ゆえ》に、居場所を失わずに済んだ。それでも、嘘をつかずに生きる息苦しさは感じていた。

中学校を卒業した僕たちは、同じ高校に進学した。

入学式から一ヵ月も経《た》たずに、同じクラスの智也が茜音に告白した。一目惚《ひとめぼ》れだったらしい。時間を掛けて見極めれば、複雑な内面に尻込《しりご》みして思い留まったのではないだろうか。

茜音は、唐突な告白をにべもなく断った。食い下がろうとした智也の手を振り払い、「迷惑だから付きまとわないで」と告げたらしいと人づてに聞いたが、その場に居合わせたわけではないので真偽は定かでない。

裏返った愛情は、憎悪に形を変えてしまった。

智也は、僕たちの中学で起きたいざこざを掘り返し、悪意でコーティングした噂《うわさ》を流して、クラスに馴染《なじ》めずにいた茜音の印象を外側から埋めていった。

好奇心と嫌悪感が、茜音の席を中心に渦巻いている。その不愉快な光景を、僕は教室の片《かた》隅《すみ》で眺《なが》めていた。息をひそめて、台風が過ぎ去るのを待つように。

無視や陰口に留まらず、嫌がらせも暴力も……、直接的な悪意が突き立てられた。

茜音の心や身体《からだ》が、どのように傷ついていったのか。できる限り目を背けてきた僕は、その詳細を知らない。一つ明らかなのは、それでも茜音は信念を曲げなかったことだ。謝ることも許しを請《こ》うこともなく、無言で耐え抜こうとした。

現状を打開するための謝罪や弁解も、嘘の一種と判断したのかもしれない。

いじめの主犯が智也であることは、僕も気付いていた。どこかで手を差《さ》し伸《の》べるべきだったのだろう。けれど茜音は、誰にも助けを求めなかった。

高校一年の冬。茜音は、校舎の屋上から飛び降りて命を絶った。

目撃者や遺書が存在しなくても、自殺であることは明白であり、死に追いやった犯人捜しが始まった。見て見ぬふりをした教師や傍観者。主犯の陰に隠れて危害を加えた卑怯《ひきょう》者。誰もが悪人だったからこそ、智也一人に責任がなすりつけられた。

罵詈《ばり》雑言を書き連ねたメッセージ、クラスのグループトークで共有された暴行動画。智也の悪意を裏付ける証拠を、全員が協力して提供しあった。

停学処分が下された後、智也は自殺教唆や傷害の罪で少年審判に付された。少年事件にまで発展するのは珍しいことらしい。それほど凄絶《せいぜつ》ないじめが行われていたと認定されたのだろう。誰かを裁く必要があるなら、智也が選ばれたのは必然だった。

「本当に智也くんは、『屋上から飛び降りて死ね』と茜音さんに言ったのですね？」

白髪の裁判官が、僕の目を見て尋《たず》ねた。視線を逸《そ》らさず、僕は頷《うなず》いた。

自殺教唆の罪を認定するためには、自殺のきっかけを与えるような発言やメッセージの送付があったと認められなければならない。初回の無料相談を謳《うた》っている法律事務所に大人のふりをして電話をかけて、弁護士にしつこく確認した。

智也の発言を聞いたのは僕しかいない。だから、調査官や裁判官は、何度も同じ質問をしてくる。僕が嘘をついていないかを見極めるために。

彼らがどれだけ調べても、僕が嘘つきである証拠は見つからない。

僕は一度も嘘をついたことがないのだから。いや、なかったのだから。

きっと、僕が証言したとおりの事実を裁判官は認定する。自殺教唆の罪も認められて、智也は少年院に入ることになるだろう。高校も退学処分。ＳＮＳで個人情報が晒《さら》されて、少年院を出た後も殺人犯みたいに扱われる。

智也が茜音を自殺に追い込んだのは事実だ。告白を断っただけで、責められるようなことは何もしていないのに。逆恨《さかうら》みで生きる理由を奪われた。

許されていいはずがない。だから、僕は智也の発言を捏造《ねつぞう》した。

屋上で茜音の背中を見送ったのは——、僕だった。

「私、死んじゃった方がいいのかな？」

　そう訊かれたとき、教室には僕と茜音しかいなかった。茜音を殴って試験期間のストレスを発散した智也は、僕に後始末を押し付けて下校した。

　抑揚《よくよう》のない口調。腫《は》れ上《あ》がった瞼《まぶた》。血と汗がまじった液体。

「死にたいの？」

「どうすればいいのか、わからない」

「そっか」小学生の頃のように手を握って、僕は続けた。

「茜音の好きにすればいいよ」

　嘘はつけない。だから、生きてほしいとは言えなかった。

「じゃあ、死んじゃおうかな」

　これ以上傷つく茜音を見たくなかった。追い詰められて信念を曲げるくらいなら、正直者のまま命を絶つ選択肢があってもいいと思ってしまった。

　茜音の意思を尊重するために――、

　いや、違う。僕は解放されたかったんだ。

　指きりまでした約束で、がんじがらめに縛られていた。母親が家を出て行ったショックから立ち直るために、誰かにすがりつきたかっただけだった。だけど僕は、茜音の正しさについていけなかった。本当は、嘘をついてでも要領よく生きたかった。

　だから、教室でも手を差し伸べず、いじめの後始末を引き受けた。自分から約束を破らずに済むように、茜音の心が折れるのを待っていた。

屋上に着いてから、茜音は僕の手を握ったまま言った。

「生きろって言ってほしかった」

「……ごめん」

「それが本心なんだね」

最後に離れていったのは、小指だった。

正直者の誓約から解放された僕は、最初の嘘は茜音に捧《ささ》げようと決めた。

追い詰めた人間と、止《とど》めを刺した人間。

一つの嘘で、智也と僕自身を罰する必要があった。

目的を果たすために、僕は証人尋問を引き受けて宣誓書を読み上げた。

『良心に従って真実を述べ、何事も隠さず、偽りを述べないことを誓います』

智也には、自殺教唆の罪を。

【人を教唆して自殺させた者は、六月以上七年以下の懲役又は禁錮《きんこ》に処する】

僕自身には、偽証の罪を――。

【法律により宣誓した証人が虚偽の陳述をしたときは、三月以上十年以下の懲役に処する】

この少年審判に決着がついたら、僕は警察に出頭して嘘を認める。

嘘つきは、裁かれなくてはいけない。

もうすぐ死ぬ

柿原朋哉

嘘《うそ》をついたのは、初めてだった。

あまりの複雑さに、心が歪《いびつ》な形になってしまいそうだった。

月が異常にまぶしく輝く夜、私はひとりで部屋にいた。

コンビニで買《か》い漁《あさ》った大量の食べ物で埋めつくされた私の部屋は、散らかった衣服も相まって足の踏み場もない。「せっかくなら最期くらい、好きなものを好きなだけ食べてみるか」と思い立ち、あれこれ買ってきたものの、麻婆丼《マーボーどん》とアメリカンドッグを食べただけで満腹になった。別腹のはずのスイーツにさえ手が伸びない。

こうなることを、私は分かっていたはずなのに。

——天才超能力少女、アスカちゃん。

幼稚園に通っていたころ、私は世間からそう呼ばれていた。

両親がつくったインスタグラムのアカウントには、物心つく前の私の写真や動画が大量にアップされていた。それを見ていた母の知人が、私の行動に違和感を持ったらしい。

「アスカちゃんって、まるでこれから起こることを知ってるみたいじゃない？」

父の帰宅を察知したように玄関で座り込んだり、着信音が鳴る前のスマホを母に差し出したり、地震が起こる前に泣き出したり……と私は不可解な行動をとる三歳の娘だったらしい。

そんな噂話《うわさばなし》はまたたく間に広がって（というかＳＮＳ上でバズって）、ある日、全国ネットの人気バラエティー番組『みらくる探偵』から出演オファーがきた。

「天才超能力少女アスカちゃんの力を徹底検証！」

歯に衣着せぬ物言いで人気のＭＣが、スタジオ中に響き渡る大きな声で言った。

三歳の私は見事、カードの裏に書かれた数字を当てた。箱の中に入っているものがクレヨンであることも当てた。頼まれてもいないのに、出演者の一人がくしゃみをすることも言い当てた。その様子をテレビで見た視聴者たちは「本物が現れた」と大いに盛り上がった。テレビ、ラジオ、新聞、雑誌など、おおくのメディアが天才超能力少女と囃《はや》し立《た》てた。

私は毎晩、翌日に起きる出来事を夢のなかで視《み》る。俗にいう予知夢というやつだ。目が覚めたときすべてを記憶しているわけではないけれど、たいていのことは覚えていた。

世間の反響に浮かれた両親は、私を芸能プロダクションに所属させた。幼少期の私をテレビで見ない日はなかったという。それくらい引っ張りだこの人気タレントだったらしい。小学生になったとき、クラスメイトや先生が、初対面のはずの私のことを知っていた。

「アスカちゃんだよね。いつもテレビで見てるよ」

「テレビでやってるアレ、俺にも見せてよ」
「ねえ、私と友達になろうよ」

知らない人たちに一斉に声をかけられて、どうしたらよいのか分からず苦い笑みを浮かべることしかできなかった。そのことを両親に報告すると、彼らは得意気に「アスカは人気者だからね」とだけ言った。

それから半年ほど経《た》ったある日、『みらくる探偵』は炎上した。

怪力を持つ男、新ダイエット法、霊能力者など、番組の一部の過去回でのヤラセが発覚し、週刊誌が大々的に報じた。世間はそのビッグニュースを面白がったり非難したりして、炎上は私にまで燃えひろがって、私の能力は疑われるようになった。クラスメイトにも「アスカちゃんと仲良くしちゃダメって、ママが……」と言われた。

その炎上があってから、私がメディアに出ることはなくなった。増加傾向にあったテレビ出演のオファーもパタリと止《や》み、私は誰からも必要とされなくなった。友達から疑われ、両親すらも私への興味を失ったようだった。両親にとって「人気タレントである娘」だった私は、「炎上した厄介者」の烙印《らくいん》を押された。私に注がれていた愛情は、次第に四歳下の妹へと移っていった。

私は必死に自分の能力を証明しようとした。

でも、誰にも相手にされず、面倒くさそうにあしらわれてばかりだった。

それから二〇年も時が経ち、私は身を隠すように生きている。能力のことは誰にも話さない。素性がバレてしまったとき、職場を変えやすいように派遣会社に登録し、介護施設を転々としていた。

「今夜は月がすごいわねえ」

私が担当しているチヅ子さんは家族の判断で施設に預けられ、残された人生を退屈そうに過ごしている。私にはこの仕事は不適任かもしれないなと思う。

だって、次の日なにが起こるのか私には分かってしまうから。

「アナタが担当についてくれてよかったわ」

チヅ子さんもまた何かを感じ取っていたのか、今日そんなことを言われた。深いしわが刻み込まれた彼女の両手で、私の手をやさしく包んでくれた。

「本当に、ありがとね」

そう言って、チヅ子さんはか弱い笑みを浮かべた。「こちらこそ、ありがとうございます」と私は返し、昂《たか》ぶる感情を押し殺して、初めて嘘をついた。これまでは私が視た未来を誰かに信じてほしいという一心で過ごしていたけれど、健気《けなげ》に私へ感謝を伝えるチヅ子さんを見て、本当のことを言えなくなった。

「それでは、また明日」

時計の針は二〇時三〇分を指している。あと三分で予定の時刻になる。

私のことなんて、誰も信じてくれない。だからもう、誰かに話したりはしない。

私は一縷《いちる》の望みに縋《すが》るような思いで立ち上がった。ベランダに出て夜空を見上げると、月はさらに明るく輝いていて、いつもの二倍の大きさに膨《ふく》れ上《あ》がっているように見える。

ああ、本当なのか。

やっぱり、地球は滅ぶのか。

食べ物で溢《あふ》れかえった私の薄暗い部屋に、青白い光が伸びてきた。

生まれる前から倦《う》まれてた

西尾維新

嘘《うそ》をついたのは、初めてだった。

嘘をついたのは生まれて初めてだった、と言いたいところだが、そうすると嘘に嘘を重ねることになってしまう。『初めて』という部分ではなく、『生まれて』という部分が嘘の上塗りだ。わたしはまだ生まれていないがゆえに……、ただし発生はしている、母のおなかの中で。体内時計ならぬ胎内時計からして、妊娠二十週前後と言ったところか。

かように自我が目覚めたのはここ最近のことではあるのだけれど、両親は教育熱心であるらしく、いわゆる胎教のようなことを、早くから施してくれていたようである。モーツアルトをリピート再生で延々聞かされるのには辟易《へきえき》した……、わたしはサリエリ派だ。天才肌の音楽家はどうにも好きになれない、赤ちゃん肌の持ち主としては。

まあ、それは些末《さまつ》な好みだ。

わたしにとって重要、を通り越して緊急だったのは、両親の教育方針ではなく、彼らの築く家庭の方針だった。知らずにいれば、わたしはあるいは嘘つきにならずに済んだのかもしれない。きっと純粋無垢《むく》な赤子のままでいられた。それが赤子よりも真っ赤な嘘をつく破目に陥《おちい》ったのは、胎教の狭間《はざま》で両親の会話を聞いてしまったからである。盗み聞きをするつもりはなかったのだが、骨伝導以上に、臍《へそ》の緒《お》でダイレクトに母体と繋《つな》がってしまっているがゆえに、致しかたなかった。糸電話みたいなものだ。

『何事もなく、跡取りを産んでほしい。一族のための世継ぎを』

『そのために僕達は結婚したのだから』

『いいかい、ゆめゆめ間違わないように気をつけるんだよ』

母は父から、そして親族から、ずっとそんなようなことを言われ続けていた。執拗《しつよう》なまでに。対して母はこう答える。

『間違いなどあるはずがありません』

『世継ぎを産めなければ、意味はないのですから。結婚した意味も、私の意味も』

それは忌《い》むべき意味だった。

最初は、間違わないようにとか間違いとか、何を言っているのかまるで判然としなかったけれど、なにせひっきりなしにそんな会話を交《か》わしていたのだから、嫌でもその意味は伝わってくる、赤子の手を捻《ひね》るように。

要は性別を間違わないようにと、彼らは言っているのだ。

わたしの性別を、間違わないように。

どうやらわたしは、おそろしく前時代的な社会に誕生、もとい、発生してしまったらしい。性別の産み分けなんて旧態依然とした思想は、とうの昔に殲滅《せんめつ》されたはずなのだが、どっこい現実は、ないし現代は、そう簡単にはいかないらしい。閉鎖的なコミュニティ内では、性差別は風呂《ふろ》場の黴《かび》のごとく根強く生き残っているようだ。羊水の中で浮かんでいるわたしは、風呂場の実態も黴の生態も、ちゃんと知っているわけではないが、両親が黴よりも程度の低い生物であるということはとても残念な事態で、前途が思いやられる。もっとも、前途が思いやられるのは、わたしに前途があればの話だった。

『万が一にも、間違いがあった際には』

と。

ある日、より緊急性の高いワードが、母から発されたのである。

『さような鬼子は、早急に掻《か》き出《だ》してしまいましょう』

臍の緒を疑った、もとい、耳を疑った。

彼らは、わたしが『望ましい性別』でなかった場合、出産前に『適切な処置』を取らんと企てていたのである。産声《うぶごえ》が、響く以前に、間引かれる。お前達それでも人の親かと問いかけたかったが、法的に言えば、妊娠二十週のわたしのほうこそ、人の子未満だった。

裏を返すと、もう少しの期間、具体的には二週間ほど経過すれば、彼らはわたしを処することはできなくなる。そのおこない自体はむろん、尊重すべき母の権利だが、少なくとも法律上、あと半月で母体保護の観点から、わたしに手出しすることはできなくなるのだから……、ネットに接することの難しい胎内からでは過去の判例を詳細には調べられないけれど、堕胎罪だかなんだかに問われるはずだ。つまり、わたしは最低でもあと十五日、急場を凌《しの》がねばならぬ。

可能であるならば、三週間か四週間は生き延びたい。そこまで経過すれば、わたしの生命は安定期よりも安定するだろう。みどりごのわたしが世間擦れしていないのとは対照的に、大人の彼らには世間体がある。だから一定以上にサイズアップしたわたしに、両親は手を出せない。まして掻き出すなど、夢のまた夢だ。

性別の出生前診断というのが、わたしが生まれようとしている文化圏で許されているかどうかも、やはり伝聞取材の限りではあやふやだったけれど、しかし少なくとも経過観察をするために、エコー検査とやらがおこなわれることは間違いないようだ。胎内という密室を、医学に基づく電子機器で覗《のぞ》くとのこと。わたしはその『神の目』を欺かねばならなかった。なんとか医者に誤診させねば……、そして両親に誤認させねば。

要するに、わたしが初めてついた嘘とは……、生まれて初めてならぬ、生まれる前からついた嘘とは、推理小説でいうところの性別誤認トリックである。わたしは性別誤認トリックを仕掛けた、両親に、医者に、そしてまだ見ぬ社会に。

できれば叙述トリックと洒落《しゃれ》込《こ》みたかったけれど、発生して二十週のわたしに発声は不可能である。ゆえにボディ・ランゲージで嘘をついた。さながらサーカスの水中ダンスショーのように、わたしは羊水の中で身体《からだ》を捻ったり宙返りを打ったり、手足をばたばた動かすことで故意に陰影を作ったりして、伝導してくるエコーの波動を回避せんとした……、臍の緒が命綱代わりになっていたのはなんとも皮肉だ。臍の緒自体、皮と肉の産物であるとは言え、こんなときでも親子の絆《きずな》か。

結論を述べると、わたしは幾度にわたるエコー検査を、滞りなく無事に、やり過ごすことができた。胎教でモーツアルトを聞かされ続け、疑似的な絶対音感を習得していたわたしだからこそ、エコーというレクイエムを躱《かわ》しえたと説明するしかないが、わたしの無言の嘘は、露見することはなかった。わたしには生まれつき嘘つきの資質があるらしい……、否、生まれる前から、嘘つきの資質があるらしい。差別主義者の子供が虚言癖《へき》では、将来はおよそ真っ暗だし、生誕の瞬間に両親をがっかりさせてしまうのは本意ではないけれど、それでも出産は言祝《ことほ》がれるべきである。荒れた誕生パーティをどう乗り切るかが、次なるわたしの課題になりそうだ。泣いて誤魔化そうかな。

ん？　待て待て、待てよ？

ややこだけにややもすると？

アクロバティックな日々を終えて、一息ついたところで（羊水で満たされた胎内で一息はつけないのだが）、わたしは気付く。脳が相応に発達したからか、今更のように気付く。そもそも両親が望んでいるのは、いったいどちらの性別なのだ？　露骨に明言するとコンプライアンスに抵触するから、ふわっとした表現でぼかしているのだと推断していたが……、どちらが間違いで、どちらが正解だと、彼らは差別しているのだ？　わたしはてっきり『あれ』だと思い、自分が『それ』ではないからこそ、必死でもがいてエコー検査を欺いたけれど、正反対だったらどうする？　性反対だったらどうされる？

搔き出される。

わたしが間違っていたら。

なんてことだ、性別誤認トリックを仕掛けられたのは、わたしのほうだったのか。差別主義者の英才教育に、無意識の偏見を誘発されてしまった。性別欄などどうであろうとなかろうと、わたしはわたしだったのに……、まったく、わたしとしたことが。

倦《う》まれて初めて、騙《だま》されたよ。

最後の一頭

小川一水

嘘《うそ》をついたのは、初めてだった。

「元気を出しな、いつかきっとここから出られる」

僕の声に応《こた》えて、見上げんばかりの大きな影が動いた。

「嘘をついたな、係《かかり》」

向こうの闇《やみ》の中に大型バス並みの胴体がうずくまっている。そこから長い首がゆらりとこっちへ伸びた。〝パッティ〟の羽毛に覆《おお》われたどっしりした頭部が目の前に来る。ぞっとするような牙《きば》の並んだ口が薄く開いて、「嘘をついた」とやや甲高《かんだか》い軋《きし》り声で繰り返した。

僕は彼の牙ではなく、透き通った金緑色の瞳《ひとみ》をじっと見据える。腰に下げたペネトレーザーにはまだ手を伸ばさない。宙兵隊が使っているのと同じ高貫通武器だ。ここの飼育員すべてが携行を義務付けられている。

「嘘なんかついてないが」

「いや、確かに嘘をついた」

「どうしたんだ？　今日に限って」

「今日だけじゃない、前からだ。俺は人間の嘘がわかる」

「そんな話は聞いたこともない」

「それはそうだ、黙っていたんだから。——何しろ俺は、おまえたち曰《いわ》くの偉大竜《メガリ・ソー》だからな」

　そう言うと、パッティは口角を上げて得意げに笑った。

　厚さ一五〇センチの透明壁と装甲屋根に囲まれた空間だ。昼は観客が訪れる。だが今はオレンジ色の薄暗い明かりが灯《とも》るのみ。床にはシダ植物と北米産の岩石を模《も》した作り物が設置されている。その端《はし》の目立つところに、ミニシアターぐらいある場違いなタッチスクリーンが立っている。

　合成飼料の粉臭さと糞《ふん》の匂《にお》いが漂う。僕はその糞をカート型の掃除機で吸い込みに来た。ごうごうという地響きが棟全体をゆさぶっていた。

「おまえたち人類は俺たち偉大竜《メガリ・ソー》を外へ出すつもりはない。見世物にしたまま、死ぬまでここに閉じ込めておくんだろう。——きっと。間違いなく」

　彼の笑いのニュアンスを少し訂正する。得意げではなく、自嘲《じちょう》的だ。

　彼らには高い知能が与えられている。人語を解するのはもちろんのこと、据え付けの情報スクリーンを読んで操作することすら可能だ。園内に建造された各種の偉大竜《メガリ・ソー》施設の中で、それを展示するのがここだった。

　それにしても人間の嘘まで察していたとは感心するほかない。彼ら偉大竜《メガリ・ソー》の正式名はアパトサウルス・ティラノサウルス・マキナ。マキナとつくのは、恐竜を含む様々なDNAを組み合わせた合成細胞を導入した育成体だからで、これは恐竜どころか生物でもなく、機械に近いという生物学会の見解が反映されたためだ。とはいえ、物を食べるし繁殖もする。定義上なんであろうと、限りなく生き物に近い生き方をしている。

　そういうものを、人類は興味本位で生み出した。

「そんなことにはならないよ」僕は歩き出し、掃除を再開する。「君なら気づいているだろう、ここを訪れる客は減っている。最盛期は一日に一万人を超えていたが、今はその百分の一になった」

「もちろん気づいている。それがどうした？」

「飽きられたってことだ。客が減った動物園は潰《つぶ》れる。すると君は外に出られる――わかるかい」

「よくわかる」彼の首がほんの一メートル、上下する。「つまり、俺が処分されるということが。おまえが今集めている、俺の糞のように」

「……そんなことはしないよ」

　僕はカート型掃除機のスイッチを切った。立ち止まってきちんと話そうと思ったのだ。

　しかし、掃除機が止まっても、望んだ静寂は訪れなかった。遠くからまた、ごうごうという地響きが聞こえた。

　パッティが音のする方角へ首を曲げる。

「あの音は地下鉄の音だろうと言っていたな、係」

「ああ、言ったね」

「ところが別の日には飛行機の音かもしれないと言った。また別の日には大型掘削機の音だと思うと言った。毎回違うから俺が指摘すると、とうとうわからないと言った」

「そうだね」

「あれがなんだか教えてやろうか？」

「君にわかるのかい」

僕が驚いてみせるとパッティはニヤリと笑った。自嘲的にではなく、挑戦的に、だ。

そして吠《ほ》えた。

「あれはロケットの音だ。おまえたちは毎日何十機ものロケットを、百日近く打ち上げ続けているんだ！」

「……そうなのか？」

「そうだとも！　そしてロケットが乗り物だということも俺は知っている。おまえたちの宇宙ロケットは百人乗りだ。それにこれまでに上がった数をかければ――三十万人だ！　三十万もの人間がこの町から出て行った！　ここの客が減ったのは飽きられたからじゃない、いなくなったからだ。おまえたちはこの町を捨てるつもりなんだろう！」

パッティは牙をきらめかせて喚《わめ》き立《た》てる。僕は掛け値なしに感心した。

「理屈と計算は合っている。たいしたもんだね」

「ごまかすな。この町の人間は激減した。そうだろう、違うか？」

「……その通りだよ」

熱風が吹き付けた――Ａ・Ｔ・マキナの深部体温は摂氏五十度近いのだ。彼の溜《た》め息《いき》は生臭さよりも怒りの匂いがした。

僕の顔より大きな金緑色の瞳が睨《にら》む。

「俺が今までおとなしくしていたのは、おまえが嘘をつかなかったからだ。逃げられるとおまえが言うから、殺さなかった。でもおまえは、さっきとうとう嘘をついた。それが俺には許せない」

「僕は嘘なんかついていない」

「いや、ついている！　確かについた！　いつか出られると言った時、おまえは確かに嘘の顔、嘘の心拍、嘘の匂いをしていた！」

「よく観察してくれてるね」

ばう！　と空気が破裂して、僕は吹っ飛んだ。掃除機が倒れ、レーザーが床に転がった。

「ふざけるな、係！」

怒号したパッティが、怒りで空気を揺らめかせながら一歩前に出た。鉄筋入りの床がズシンと揺れる。

「殺すなら殺すと言え！　嘘をつくな！　いや、何を言う必要もない。黙ってその銃で撃てばいい。なぜわざわざだましに来た？」

「ひと目見たかったからに決まってる」

「俺が最後までおまえを信じ切っている姿をか」

睨み合いが沈黙を押し広げた。今や彼の目は爛々《らんらん》と輝き、溶かした金のように僕を焼き尽くしそうだった。僕の眼差《まなざ》しはとうていそれに抗し得ない。ともすれば笑みすら浮かべそうになる。

それではいけない。僕にはやるべきことがある。銃を拾って彼に向ける。

「僕の勝ちだ。こいつのバッテリーには小型爆弾並みのエネルギーが詰まってる。僕を一瞬で踏み潰しても、爆発で君も死ぬ」

「――上等だ、係」

これまでになく低い声で彼が言い、倒れた僕に前足を乗せた。

無限の感情を込めた分厚い足裏が、僕を圧迫する――。


すさまじい爆発が起きた。


屋根が吹き飛び、透過壁が砕《くだ》けた。巨獣は目を閉ざす。終わりと消滅を待つ。

だがそれは訪れない。足の痛みすらない。むしろ爆発は頭上で起こったようだ。足を下げ、不思議な思いで見上げる。

そこに首が揺れていた。ひとつではない。五つも、十も。

巨獣を捕らえていた檻《おり》よりはるかに大きな巨獣の群れが集まっていた。その前足の軽い一撃で、残っていた最後の壁面が砂山のようにたやすく崩れる。濛々《もうもう》たる埃《ほこり》の向こうを山脈のような影が絶え間なく流れる。都市が均《なら》されていた。

――ああ、ここにいた。

――坊や、無事かい。やっと見つけたぞ。

巨獣の頭に、彼にはまだどうやって発するのかもわからない声が届く。瞬《またた》く間《ま》に事態が理解される。檻の外で同族が惑星を席巻《せっけん》したこと。人類がこの都市で抵抗していたこと。今日、彼らがすべてのミサイルを撃ち尽くしたこと。

――われわれの時代だ。さあ、行こう。

何が嘘でなかったのか、わかる。

「いつか」ではなかったのだ。

足元を見回す。瓦礫《がれき》の中に小さな人影が倒れている。その傍《かたわ》らのちっぽけな道具を巨獣は踏む。火花ひとつ飛ばさずに砕ける。

何のために来たのかも、わかる。

同族が心配そうに尋《たず》ねる。――何かあるのかね？

巨獣は、新しいやり方で答える。――最後の一頭です。

改めて人影にそっと足を乗せ、仕損じないようにひと息で踏み砕く。

みんなのいえ

櫛木理宇

嘘《うそ》をついたのは、初めてだった。

両親やタエおばさんやヨージおじさんになら嘘がつける。アキ姉《ねえ》を適当にあしらうことだってできる。

でもサチ姉に嘘をついたのは初めてだった。サチ姉だけは、昔から別だった。

「明日、放課後に補習があるんだって。だからサチ姉のことはタエおばさんに頼んでおくね。ごめんね」

サチ姉の手足を蒸《む》しタオルで拭《ふ》きながら、わたしは言う。

でもサチ姉の目は見られないし、つい早口になるのを抑えられない。

「こないだみたいに乱暴にひっくりかえしたりしないでって、おばさんにはわたしからよーく言っておくから」

サチ姉は生まれつきの病気で、布団から起き上がれない。だから床ずれができないよう決まった時間に体位を変え、手足を拭いてあげなきゃいけない。

以前は当番制だったけれど、ここ数年はわたしの役目になった。だって寝たきりとはいえ、サチ姉の胸はふくらんできたし、毎月の生理のことだってある。

「これは女の子がやらなければ」

とヨージおじさんが言いだし、サチ姉の四歳下のわたしが任命されたというわけだ。

「補習なんて、ほんとやんなっちゃう。先生の都合で、ウザいったら……」

「大丈夫」

サチ姉が、やんわりさえぎった。

「大丈夫、怒ったりしないから。気にせず、姉ちゃんのぶんまで楽しんできて」

バレていた。てきめんにわたしの頬《ほお》は強張《こわば》る。

対照的にサチ姉は微笑《ほほえ》んで、

「もう高校生だもんね。友達とどこか遊びに行きたくなって当然よ。どこに行くの？」

「えっと……、イオンモールのスタバ」

「なあんだ」

サチ姉は噴《ふ》きだした。

「思いつめた顔してるから、よっぽど悪いことする気なのかと思った。スタバね、ふふ。姉ちゃんにもおみやげ買ってきてよ」

「もちろん」

うなずきながら、わたしはほっと胸を撫《な》でおろす。やっぱりサチ姉に嘘をついたまま出かけるのは、気が引けた。バレてよかった。

「サチ姉、じゃあ体位変えるね」

「お願い」

わたしはサチ姉の腋《わき》の下《した》に手を入れ、姿勢を変える。床ずれなんてひとつもない、真っ白くつややかな肌だ。彼女が大事にされている証《あかし》だ。

サチ姉の体を、慎重にシーツの上へおろす。そんなわたしの視界に、黒いものが滲《にじ》んでくる。

――じゅる、じゅく。じゅ、じゅるる。

わたしたちはそれを〝禍《マガ》〟と呼んでいる。

気づいたら床や壁を這《は》い、侵蝕《しんしょく》してくるもの。真っ黒い波のような、髪の毛のような、触手のような得体の知れないもの。

「サチ姉、マガが……」

「うん」

サチ姉がうなずく。歯と歯の間から、「シッ」と低い威嚇音を発する。

途端に黒い触手は、ふっとかき消えた。

これができるのは、サチ姉とアキ姉の双子姉妹だけだ。

襖《ふすま》がすらりと開いた。

「サチさま、お食事です」

うやうやしく頭を下げ、入ってきたのはわたしの実母だった。漆塗りのお盆に、お粥《かゆ》や、バナナをすりつぶしたものや、澄まし汁をのせている。

わたしは一礼し、サチ姉の部屋を出た。

姉と呼んではいるけれど、サチ姉とアキ姉はわたしの実姉ではない。タエおばさんとヨージおじさんもそうだ。血は繋《つな》がっていない。

けれどわたしたちは、この家でずっと一緒に暮らしてきた。

両親がこの家にやってきたのは、わたしが二歳のときだそうだ。まったく覚えていない。物心ついたときから、わたしはこの家でみんなと住んでいた。

「〝トトナエさま〟の教えに心酔して、会社も財産もすべて捨ててきたんだ」

そう父はいつも誇らしげに言う。

トトナエさまというのは、わたしたちの道しるべだ。進むべき道を教え、いざなってくれる尊きおかた。この世界がいまだマガに侵蝕されずに済んでいるのも、ひとえにトトナエさまの御導きのおかげなのだ。

そのトトナエさまの御声を聞けるのは、アキ姉だけである。

だからアキ姉は〝巫女《みこ》さま〟と呼ばれ、いまは一人だけ別の家に住んでいる。噂《うわさ》では政治家とか、大きな会社の社長とか、よその国の王族までもがアキ姉の〝御神託〟を乞《こ》いに来るらしい。

そしてたまに、ごくたまにだけれど――、タエおばさんがアキ姉の悪口を言うのを、わたしは知っている。

「一人で贅沢《ぜいたく》して」

「トトナエさまに選ばれたからって、うぬぼれて」

「サチさまをここに放りっぱなしで、自分は男をとっかえひっかえ……」

長い廊下をたどり、わたしはみんなの共用スペースである〝慰安室〟へ入った。

この家に一台しかないテレビが、珍しく点《つ》いていた。遠い異国で起こった戦争のニュースを映しだしている。

「おっかねえな」

「でも、ここは安全さあ」

「そうだな。トトナエさまの言うとおりにしてるもんな」

テレビの画面に釘付《くぎづ》けになりながらも、みんな口々に言う。

――この家はもはや満ちた。

――この家のバランスは世界のバランス。崩せば、マガが襲いくるだろう。

そうトトナエさまが予言したのは、二年前のことだ。アキ姉の口を借りて下ろされた御神託はまたたく間に家じゅうに広がった。

「……大丈夫」

口の中でちいさく唱え、わたしは慰安室の椅子《いす》に座った。

大丈夫。よそで戦争があってもうちは大丈夫。この世界は大丈夫。だって、トトナエさまの言うとおりにしているもの。

テレビの中で走る戦車を見ながら、わたしは明日飲めるはずの、スタバのフラペチーノを思った。

季節が変わり、日が短くなって、また長くなる頃。

わたしはその日もサチ姉の手足を拭いていた。

「最近、なかなか来れなくてごめんね」

外の陽を知らない白い肌を、蒸しタオルでせっせと拭きながら謝る。

あれからわたしは、家族に黙ってこっそりサークルに入った。友達が増えた。気になる先輩だってできた。スタバには毎週のように通っている。

「いいのよ」

サチ姉が微笑む。

サチ姉のお世話は、母やタエおばさんが持ちまわりでやっているようだ。アキ姉はといえば、この頃テレビに出るようになった。なんとかいう若手俳優と結婚すると週刊誌に書きたてられたが、ほんとうだろうか。

「サチ姉、太った？」

わたしは尋《たず》ねた。サチ姉が笑う。

「最近ごはんが美味《おい》しくて」

「ほんと？　じゃあまたスコーン買ってきてあげるね。チョコチップのやつ。でも食べすぎちゃ駄目だよ。最近サチ姉がよく吐《は》くって、お母さんが心配してた」

「うふふ、ごめんね」

サチ姉が柔らかく微笑む。

――それにしても、気のせいかな。

最近、この家の中にマガが増えた。黒く禍々《まがまが》しい影が、壁を、床を、天井をつねに這っている。なんだか胸がざわざわする。

――じゅる、じゅく。じゅ、じゅるる。

学校へ行っても、胸のざわめきは消えなかった。

クラスメイトたちの雑談にも、気づけば物騒《ぶっそう》な話題が増えた。異国の戦争や内紛。暗殺。革命。テロ。貧困。

クラスメイトの二、三人が学校に来なくなった。親の会社が倒産したとか、自殺したとか、そんな話題ばかりが教室に広がる。

――こんなんじゃ、学校にもいずれマガが来そうじゃないか。

いや、まさか。首を振って打ち消した。

そんなわけがない。この世界は、トトナエさまに守られているんだから。

でも得体の知れない不安は消えず、ＨＲが終わって早々に、わたしはみんなが住む家へと帰った。

だが家も平穏な場ではなかった。

すでにみんなの家では、騒ぎが起こっていた。

「なぜこんなことを！」

タエおばさんが顔を真っ赤にして叫ぶ。

「相手は誰なんです！　あなた一人の問題じゃないんですよ、なんてことを！」

ヨージおじさんが身悶《みもだ》えするように怒鳴《どな》る。

そのすぐ背後を、マガがじゅるじゅると這っている。じゅるじゅる、じゅくじゅくと。真っ黒い蜘蛛《くも》のように。

「どうしたの？」

彼らの肩越しに、わたしは中を覗《のぞ》きこもうとした。しかしその前に、実母が出てきてわたしの体を押し戻した。

「あんたは駄目。見ちゃ駄目」

「え、なんで？　だってサチ姉のことなんでしょ？　だったら」

「サチさま……いえ、あの女、は」

実母の顔がゆがんだ。

「妊娠してたんだ。わたしたちの目を盗んで、誰か男と番《つが》っていた。汚らわしい。あのお腹《なか》には子どもがいるんだ！」

「え」

わたしは目を見ひらく。

「え、そんな。でも——」

でも、だって。

だってトトナエさまが言った。アキ姉の口を借りて、以前こう言ったじゃないか。

——この家はもはや満ちた。

——これ以上は一人増えても、一人欠けてもいけない。

——この家のバランスは世界のバランス。崩せば、マガが襲いくるだろう。

増える一方だった〝家族〟は、それ以来増えも減りもしていない。一人亡くなればすぐさま一人補充され、絶えずバランスを保《たも》ってきた。

サチ姉だって、それをよく知っているはずなのに。

ヨージおじさんが叫んだ。

「あなたは——サチさまは、世界がどうなってもいいと言うのですか！」

そのとき、サチ姉が笑った。いままで見たことのない、物凄《ものすご》い笑みだった。

枕《まくら》に頭をのせたまま、サチ姉は吐き捨てた。

「知ったことか」

その言葉が皮切りだった。

轟音《ごうおん》が耳をふさいだ。

——じゅる。じゅ。じゅろろろろろろ。

——じゅごお、ごおおおお。じゅごおおおおおおおおお。

タエおばさんが悲鳴をあげた。ヨージおじさんが床にへたりこんだ。

みんなの家が、黒い触手に呑《の》まれていく。世界が漆黒に染まる。見る間にマガに侵蝕されていく。

いままさに拡《ひろ》がっていく地獄を見つめながら、なぜかわたしは、喉《のど》にフラペチーノの甘みを感じていた。

エミリン

小野寺史宜

嘘《うそ》をついたのは、初めてだった。

三十二年生きておいて初めても何もない。だから、まあ、大きな嘘をついたのは初めて、ということだ。

友だちと一泊旅行をしたいんだけど。

夫の北野《きたの》俊英《としひで》にそう言った。それがその嘘だ。

俊英は反対しなかった。友だちとは誰なのか、それを訊《き》いてくることもなかった。たぶん、会社の同期内田《うちだ》若菜《わかな》だと思っていたはずだ。わたしがそう思わせる感じにはしたから。

でも実際の同行者は秋山《あきやま》栄人《えいと》。姉高原《たかはら》久美《くみ》の婚約者だ。何故《なぜ》かそんなことになった。何故かと言いつつ、わたしが誘った。まさか受けてくれるとは思わずに。

俊英とは大学で知り合った。ゼミが同じだったのだ。

そのころのわたしは順調だった。学祭で行われたミスコンで三位になったりしていた。ミスでも準ミスでもなく、ほかに四人いた最終候補と横並びでの三位。とりようによっては六位ともとれる三位だが、素直にうれしかった。

俊英と付き合いだしたのは、四年次の夏のゼミ合宿から。

最終日にお酒をたくさん飲んだあと、二人で研修センターの外を歩いた。ふらついたので、腕を組んだ。

北野くんの構えてないところ、わたし、好き。ガツガツしてないところが好き。

おれも好き。

どこが？

一位じゃなく、三位になるあたりが。

失礼！

そんな会話を交《か》わしたのを覚えている。

わたしたちは大学を出て半年で別れたが、二十七歳のときに再会した。お互い仕事にも慣れて一段落。いいタイミングでの再会だった。

そしてそのまま結婚した。二十九歳のときだ。

順調だったのはそこまで。

三十歳のときにわたしは妊娠し、流産した。

そこからおかしくなった。

わたしは、自分でも驚くぐらい激しく落胆した。産むはずの子を失ったショックは大きかった。自身にも傷がついてしまったように感じた。二歳上の姉久美はまだ独身。先を行けるはずだったのに。追い越せるはずだったのに。そんな思いもあった。

俊英は頼りにならなかった。結婚前は長所と思えたガツガツしてないところ。それは夫として見れば短所でしかなかった。

すべての妊娠のうちの十五パーセントは流産するらしいよ。一度流産したから妊娠しにくくなるってことはないらしいよ。

俊英はその程度のことしか言えなかった。

そういうことに何か意味がある？　好きな人にそんなことを言われたいと思う？

わたしはそう言って怒った。

気遣《きづか》いをしたつもりの俊英は黙るしかなかった。最後には、わたしを腫《は》れものの如《ごと》く扱うようになった。

それからはもう体の関係もなくなった。求められたらいやだったろうが、求められないのもいやだった。時間は何も解決してくれず、ただただ過ぎていった。澱《おり》だけが少しずつ、でも着実に溜《た》まっていった。

わたしの事情を知っている男性は、概《おおむ》ね親切だった。遠い関係の人たち、つまり赤の他人なら流産のことには触れない。近い関係の人たちは、逆。触れないのも変だから触れた。味方になってくれた。

俊英の弟北野優平《ゆうへい》もそうだった。

優平は名前のとおり優しかった。一度、テーマパークに二人で遊びに行ったことがある。

やはりわたしが誘ったのだ。

優平に村瀬理也子《むらせりやこ》さんというカノジョがいることは知っていた。だからもちろん、変な気はなかった。優平もそうとわかっていたから応じたはずだ。

乗りものの待ち時間にあれこれ話をした。わたしは俊英の悪口も言った。優平は笑ってそれを聞いてくれた。兄と同じでガツガツしてはいないが、兄とちがい人としての余裕があった。優平を夫にできる理也子さんのことがうらやましくなった。

姉の婚約者である栄人もまた、わたしの味方になってくれた。こちらは優平以上にわたしの話を真剣に聞いてくれた。姉にはもったいない人だと、そこでは思った。

包み隠さずに言ってしまえば、わたしは姉のことが嫌いなのだ。

わたしよりいい大学に行き、わたしよりいい会社に入った姉。でもその会社は父がいた会社だ。要するに、姉は父の口利きで入社したのだ。といっても、姉がいい大学にいたから父が口利きできたのも事実。わたしの大学では無理だっただろう。

姉は昔から父の言うことを何でも聞いた。進学塾に行けと言われたら行っていたし、英会話教室に行けと言われたら行っていた。わたしはどちらも途中でやめたが、姉はやめなかった。結果、わたしは第一志望の私大に落ちたが、姉は第一志望の国立大に受かった。

顔はわたしに少し似ているが、ミスコンに出るタイプではない。いい意味での派手さがないのだ。はっきり言ってしまえば、地味。メイクなどにもあまり興味がなかった。

わたしがミスコンで三位になったときも、よかったね、と言っただけ。ただ、初めてわたしに上を行かれたことで、嫉妬《しっと》はしていたと思う。普段はミスコンをバカにしていた父も、わたしが三位になったことは喜んだ。そのとき初めて、自分も出ればよかったと姉は思ったかもしれない。選外になったとしても、出たことを明かさなければそれですむのだから。優平と二人で会ったのは一度だが、栄人とは何度も会った。何度もわたしたち夫婦の話を聞いてもらった。

そのことを、栄人は姉に言わなかった。別に言う必要はないよ。おかしなことをしてるわけじゃないんだから。わたしにはそう言った。

俊英に関しては、こう言った。夫としてダメだね。妻を気づかうふりをして、実は逃げてるだけだよ。

その断言口調が心地よかった。自分ががっちり受け止めてもらえた感じがした。求めていたものをしっかり得られた感じもした。

冗談のつもりで、どこかに行きたいな、と栄人に言ってみた。二人で、と。

温泉とかいいかもね。そんな言葉がすんなり返ってきた。

温泉。いいなぁ。久しぶりに行きたい。とわたしは言い、すぐにこう続けた。行けない？

行かない？　ではなく、行けない？　にした。

さすがにそこでは少し間ができた。

行けるわけないよな、と思ったが。

行こう、と栄人は言った。

ガツガツしているというのとはまたちがう。一歩を素早く踏み出せるこの感じ。わたしは完全に惹《ひ》かれていた。

で。

こういうことになった。

宿の手配などはすべて栄人がしてくれた。その頼れる感じも悪くなかった。

山間にある温泉宿。行きは時間が合わないので、わたしがひと足先にタクシーで向かうことになっていた。栄人は自分の車で行く予定だ。そして宿で落ち合う。

これまで栄人とはカフェで会っていただけ。当然、関係は持っていない。

姉の婚約者なのだから宿でも持たないことはあり得る。わたしたちはただ温泉に入りに行くのだ、と思うこともできる。できるというだけだが。

栄人がいいならいいような気がした。そうすることで、溜まった澱はなくなるのか。でなければ、澱どころではない、もっと粘《ねば》りけがある何かに変わってしまうのか。それを確かめたいような気もした。

ついさっき、栄人からこんなメールをもらった。

〈19時前に着けると思います。待っててね、エミリン〉

わたしが北野絵美だから、エミリン。同期の若菜がそう呼ぶと話したら、栄人もふざけてそう呼ぶようになったのだ。そんなふざけ方をする人だとは思わなかったから意外だった。

わたしはこう返した。

〈エミリンは待ってます。お茶でも飲んで待ってます〉

その後何分か経《た》って、こう。

〈山だから？　何と、カーナビが誤作動。反対方向に行ってしまいました。無念。ちょっと遅れます。19時半を過ぎてしまいそうです。何ならエミリンは先にご飯を食べててください〉

さらに何分か経って、今度はこう。

〈エミリンはご飯を食べずに待ってます。宿の人に話して、少し遅らせてもらいます〉

〈また迷いました。20時も過ぎてしまいそうです。ごめん〉

だいじょうぶ。いつまでも待ってます。

と打とうとしたが、それはできなかった。

そこまでだったのだ。

何が？　わたしが。

というようなことを、一瞬で考えた。

乗っていたタクシーが、山道のカーブでこちらに大きくはみ出した対向車をよけるためにガードレールを突き破ったその一瞬で。考えたと言うよりは、思惟《しい》の塊《かたまり》の全体を一気に感じたと言うべきかもしれない。

一つ嘘をつくと、また次の嘘をつかなければいけなくなり、いずれは嘘でがんじがらめになる。そう思っていた。

本当に大きな嘘は一つついただけでもこうなるのだな、と今は思う。

わたしは落ちている。崖《がけ》の下、岩が突き出た地面が迫ってくる。

幸せな嘘《うそ》

赤川次郎

嘘《うそ》をついたのは、初めてだった。

もちろんその日には、という意味だ。世の中、日に一度も嘘をつかずに生きている人間など、ほとんどいないだろう。

その日最初の嘘は、午前十時十二分、デパートが開いて十二分後のことだった。

「あの……」

おずおずと、その女性は私に声をかけて来た。数分前から、その女性が心細げに何かを探していることには気付いていたが、私はわざと目が合わないようにしていた。

魚つりではないのだ。食いついた瞬間にパッとつり上げるような真似《まね》はしない。

その代り、声をかけて来たら、すぐに笑顔で対応する。

「何かお役に立てますか？」

婦人服売場に立っている、大分頭の薄くなった中年男。こういう場所に不慣れな女性にとって、安心して声をかけられる相手である。

「あの……上下のスーツを……。あんまり派手ではなくて、明るい色の……」

「かしこまりました。どういう席でお召しになりますか？　パーティにお出になるとか、デートとか……」

「いえ、そんな」

と、真赤《まっか》になっているところは、まるで女子高校生だ。

しかし、ヘアスタイルが古くさいので、やや年上に見えるとしても、おそらく、三十歳は過ぎているだろうと思った。この婦人服売場の主任として十年以上になる私の目は確かだ。

二言三言話している内に、今日の午後、会社の上司にすすめられて「お見合」するのだと聞き出した。相手は国立大出のエリートで、母親と一緒だということも。

その女性は、いくつかスーツを見ながら、価格を見ようとはしなかった。――これは、いくらでも出すぞ。

「お客様のような、しっとりした上品な方でしたら、やはり最高の生地《きじ》でないと……」

私はそう言いながら、売場の奥へと彼女を誘って行った。

「ありがとうございました」

私は、エレベーターの所までデパートの紙袋を持って、その女性を送って行った。――売場に戻ると、同僚のベテラン店員の女性が立っていた。

「よく言うわね。『よくお似合いでございます！』なんて、真面目《まじめ》な顔で」

「それが仕事だよ」

「しかも、バッグも靴も、スーツに合わせないと、って言って、買わせたんでしょ」

合せて何十万円もの買物をしたことになる。私も、こううまく行くとは思っていなかった。

確かに、あの女性にあの華やかなオレンジ色のスーツは似合わなかった。しかし、これも商売である。

「本人が満足してりゃいいじゃないか」

と、私は言った。

「お見合の結果がどうなっても？」

「そこまでは知らないよ。二度と会うことはないだろうし」

私はそう言って、「――何かお手伝いいたしましょうか？」

と、新しい客へと歩み寄った。

今日二度目の「嘘をつく」ために。


その平日の午後は、客もまばらで暇だった。つい欠伸《あくび》が出て、気が付くと、こっちを見て微笑《ほほえ》んでいる女性がいた。

「いらっしゃいませ」

私が、ちょっとあわてて言うと、

「その節はお世話になりました」

「は……」

すぐに思い出した。あの、最高級のスーツにバッグや靴まで買わせてしまった女性客だ。

――半月くらいたっているだろうか。

「あのときは色々とお買上げいただいて……」

今日も地味な服装の彼女を見て、何しに来たんだろう、と心配になった。

「鏡を拝見したくて」

「――鏡ですか」

「ええ、あのとき、こちらの鏡であのスーツを着た自分を見たとき、本当にすてきに見えたんです。でも――あの後、アパートに帰って、ワクワクしながらスーツを着て鏡を見たら……」

女性はちょっと笑って、「私、ふき出してしまいました。あんまりひどいんですもの！　あんな服を着こなせると思った自分が恥ずかしくて。でも、ここで見たときは、本当に似合って見えたんです。ふしぎな鏡ですね」

この人は怒っているのか？　何しに来たんだろう？　私は緊張して言葉が出なかった。

「私、以前から持ってるリンピースで、お見合に行きました」

――と、その女性は続けた。「相手の方は、悪い人じゃなかったんですけど、何というか――お母さんの言うなりで、もう四十近くでしたが、いつもお見合しては断られているというのがよく分りました。私もお会いして五分で、これはとても無理だわ、と思いました。そして、ネクタイが……」

と、思い出してもおかしいらしく、

「お母さんが選んだネクタイだということは、何度も息子さんに手を出して、曲りを直したりしているので、すぐ分りました。息子さんは本当に恥ずかしそうで、お料理を出して来るウエイトレスがチラチラそのネクタイを見ていることにも気付いていました。でも、私、そのとき思い出したんです。あなたのこと」

「私……ですか？」

「あのときのあなたの言い方で、私、言ったんです。『そのネクタイ、とてもお似合いですわ』って。――そのときの息子さんの、ホッとした嬉《うれ》しそうな顔。声に出しませんでしたが、『ありがとう！』と言っているのが分りました」

女性はちょっと小首をかしげて、「正直に、『そのネクタイ、変ですよ』って言ってあげた方が良かったのかもしれませんけど、でも、少なくともそのときは、息子さんもお母さんも幸せそうでした。ちょっとした嘘ですけど、それでほんのひととき、人が幸せになれるのなら……。あ、でももちろん、その話はお断りしたんですけどね」

話を聞いている内、私は胸が熱くなった。恥ずかしさと嬉しさと、この女性のやさしさへの感謝と……。色々なものが入り混っていた。

「お仕事中、すみません。もう、私がここで服を選ぶことはないでしょうけど、ひと言お礼を」

その女性の言葉に、私は深々と一礼して、

「また機会がありましたら、ぜひおいで下さい」

と言った。「デパート中歩いても、あなた様にぴったりの服をおすすめします」

盛ってるで……

柾木政宗

嘘《うそ》をついたのは、初めてだった。

後になってそのことに気付いた。

お調子者の誹りを受けようとも、いかなる判断が下されようとも、覚悟の上だった。

だが「時には嘘に依《よ》るほかは語られぬ真実もある」と、芥川龍《あくたがわりゅう》之《の》介《すけ》の『侏儒《しゅじゅ》の言葉』にもあるではないか。偉大なる文豪の後ろ盾も得て、迷うことなどない。

それにあの時、もう残された時間は少なかったのだ。

そんな言い訳を強調したく、以上、得意の仰々しい前口上を述べさせていただいた。


その日私は出張で、東京都中央区の日本橋《にほんばし》小伝馬《こでんま》町《ちょう》にある本社に来ていた。

神社仏閣や牢屋敷《ろうやしき》など、華やかな江戸の姿とは別の歴史を刻んできた地ともあって、今もやや落ち着いた街並みとなっている。

うん十年前のこと。当時創業十年を迎えたばかりの、小さなオフィス用品メーカーに就職が決まった。

小伝馬町の会社と聞いて初めに連想したのは、高野長英《たかのちょうえい》を書いた山田風太郎《やまだふうたろう》の短編、「伝《てん》馬町《まちょう》から今晩は」だった。伝馬町は現代でいうと、日本橋小伝馬町三丁目から五丁目あたりを指す。そういえば風太郎には同じく伝馬町牢屋敷を舞台にした、『おんな牢秘抄《ろうひしょう》』という連作短編もあった。

久方ぶりの本社では、数年ぶりの邂逅《かいこう》となった同期と、来期計画について検討した。いちいち書類を遠ざける老眼の仕草《しぐさ》と、鬢《びん》にちらつく白髪を互いにからかいつつ、長きにわたる社への貢献を称《たた》え合う。「お前は本題に入るまでの前口上が長い」という鋭い指摘は、前に会った時も受けたな。年を取ると回りくどくなって敵《かな》わん。

このまま場所を変えて一杯酌《く》み交《か》わし……と思いきや、同期は初孫のバースデーパーティーがあるとのこと。いやはや、時が経《た》つのは早い。

これからもお互い、死ぬまで「Stay hungry, stay foolish」でいよう。乙《おつ》に澄ましてスティーブ・ジョブズの有名な言葉を告げると、別れ際に固く握手をした。

一人で適当な店に入り、ちびちびやることにした。

五月に入り、歩くと汗ばむ季節になってきた。だが熱中症を心配するのは早いやろ……と考えるのが、たかをくくっていることにはならないか。そんな心配がつきまとう年齢になった。くわばら、くわばら。

この辺りは昔からの店も多く、『エミール』、『オ・タケ』、『アトランティス』などは、私が小伝馬に勤務している頃からあった。変わらぬたたずまいに郷愁を覚えながらも、店頭のガラスに映る私自身は、髪は薄くなり腹は出ていて……。時の流れの残酷さに、コレステロール過多の心臓は締め付けられる思いである。そういえばそろそろ健康診断の結果が来るな。

適当にとはいいつつ、無意識に一軒の店を目指していた。

人形町《にんぎょうちょう》通りを岩本町《いわもとちょう》方面に向かって歩き、牢屋敷跡を過ぎた交差点の角を曲がり、道の奥に目をやった。

目的の店はそこにあった。

『居酒屋　高瀬』

煤《すす》けたのれんも、店前のたぬきの置物も、角が破損した立て看板も変わらない。がらがらと引き戸をあけたら、建て付けが悪く二回引っかかるところまで変わっていなかった。何もかもがそのままだ。

いらっしゃいませと、女性の愛想《あいそう》よい声とともに、カウンター席へと通された。四人がけのテーブル席が三つ、カウンター席が五つの小さな店だ。テーブル席では若いサラリーマン連中が、上司の愚痴《ぐち》や色恋事情を赤裸々に語り合っている。

女性がやってきて、おしぼりと水を置いた。以前はいなかった方だと思う。

「とりあえずビールで」と頼むと、すぐにキンキンに冷えたビールと、お通しの切り干し大根が運ばれてきた。

「盛ってるで……」

小鉢を前に関西弁が出た。普段の私からわかるだろうが、生まれも育ちも大阪である。

切り干し大根は、通常の居酒屋の倍はあろうかという量だ。この店は何から何まで量を盛っており、貧乏サラリーマンだった私にはとても重宝した。

数十年ぶりの来訪となったこの日も、それは変わらなかった。

グラスの取っ手から伝わる冷気に全身を委《ゆだ》ねながら、黄金色のビールをくいっと喉《のど》に流し込む。最高の瞬間だ。

いただきます、と手を合わせて箸《はし》を伸ばした。

煮汁が染《し》み込《こ》んでくたっとなった大根と人参《にんじん》は、それでいてサクッと歯切れよく、嚙《か》み切《き》ると甘い味が口いっぱいに広がる。お通しでこのレベルだ。

そうである。ここは量だけの店ではない。

商売っ気がないから知る人ぞ知る存在だが、ここは量も質もずば抜けた名店なのだ。

ビール片手に、目についた料理を注文していった。

私は舌鼓を打ちにやってきたのだ。料理については、きちんと記さなければいけない。

脂肪が少なくあっさりした味わいが特徴の初ガツオは、タタキでいただいた。よくある醬油《しょうゆ》だれではなく塩ベースのたれを使うことで、引き締まったカツオの旨《うま》み、しょうがとにんにくの風味が際立っている。

チキン南蛮は、甘さが下品にならない塩梅《あんばい》の甘酢だれと、自家製タルタルソースの組み合わせが絶品だった。タルタルソースにはピクルスの代わりにいぶりがっこが入っており、スモーキーさがいいアクセントになっている。

空心菜のトマト炒《いた》めは、しょうがベースで炒める際にクミンシードを入れることで、ほのかにカレー風味を出していた。カレーが主張しすぎない味付けがよい。しゃきしゃきの空心菜にトマトの酸味。そこにカレー風味が合わさり箸が止まらなかった。

「ほんまうまい」と何度つぶやいたか。昔と変わらず、何を食べても大満足であった。

その時だった。

店内を見回していると、年季の入った飾り物に紛《まぎ》れて、真新しい貼《は》り紙《がみ》が目に入った。

『来月末にて閉店いたします。四十年の長きにわたるご愛顧、ありがとうございました』

……何というタイミングで訪れたのだ。三杯目のビールが運ばれてきた時に聞いてみた。

「お店、閉めはるんですね」

久しぶりに東京に来たことを告げると、「まあ、それはそれは」と、女性は目を丸くした。

すると私たちの話が聞こえていたのか、

「〇〇〇社（私の勤め先）の方ですよね。すっかり立派になって。いつも来てくれてたよね。関西弁が印象的だったから覚えているよ」

と、厨房《ちゅうぼう》からご主人が笑みを向けていた。何と私を覚えてくれていたのだ。

私同様、ご主人も年老いていた。だが角刈りに優しげな笑顔は昔のままだ。

気持ちは、あの頃の若造に戻っていた。

帰り際、会計時に女性がいった。おそらくご主人の奥様だろう。

「閉店までまだありますからね。よかったらまた来てください」

「また来ます」

思わずそう答えた。嘘にしないつもりだった。

人生の大半を関西で過ごしており、いっちょ前の浪速《なにわ》っ子のつもりである。

だがかつての馴染《なじ》みの店に来たら、汗が染み込んだスーツで泥臭く働いていたあの頃——夢を持って東京で社会人生活をスタートさせた、自称東京っ子の頃を懐《なつ》かしく思い出した。

入社から一年間、私は本社勤務だった。その時が人生初めての東京だった。将軍様のお膝《ひざ》元《もと》に心浮かれ、ウグイス色の山手線《やまのてせん》に乗りあちこち行ったものだ。東京タワーに浅草寺《せんそうじ》、まだ空が広かった新宿……。いっぱしの東京っ子気取りで、慣れない標準語を使ったりもした。もっともご主人のいいぶんでは、酒が入ると関西弁に戻っていたようだが。

結果、「また来ます」という約束は嘘になってしまう。

私は今、これを地元大阪で書いている。多忙で東京に足を運ぶ余裕がないのだ。いや、その気になれば行けるが、仕事のことなど諸々鑑《もろもろかんが》みて、行くという判断を下せないのだ。まったくもって、小賢《こざか》しいロートルの言い訳よ。

うだつがあがらない平社員ゆえ、出張の多い身の上である。

だがその分全国を駆け巡り、あちこち食べ回っている。それなりに自分の舌には自信がある。そしてジャッジに嘘はつかないと決めている。

『居酒屋　高瀬』。店構えは古びているが、ご主人の腕は確かだ。

点数は限りなく満点に近い、といったところか。人生でたった数度の巡り合いに備えて、これまでに満点はほとんど付けていない。そこはシビアに判断するのが、私なりの礼儀だ。

だがお店の人に嘘をついてしまった。なので。

一度目の時と比べて、二度目の嘘をつくハードルは格段に低くなる。

こうして人は自分に都合のいい選択をしていく。我がサラリーマン人生にも思い当たる節が数多《あまた》——おっと、閑話休題。

いつも太っ腹に料理を盛ってくれたお店に感謝を込めて、点数の方もささやかな嘘で盛らせてもらい、満点の5点とさせていただく。(もし違反報告が入ったら修正します)

『居酒屋　高瀬』。自信を持っておすすめできる名店である。閉店する前に、是非一度。

本当に今まで、ごちそうさまでした。

そして長い間、お疲れさまでした _(._.)_

※

「長ーい！　たまに見かけるんだよな、こんなエッセイ風の超長文」

どこかで誰かが叫んだ。だがやがて、腹を鳴らしながらしみじみとつぶやいた。

「でもこの店……おいしそうだな。気になってきたぞ」

ある日、某グルメサイトに、「盛ってるで……」という題の、やたら熱の入ったレビューが投稿された。

レビューはインターネットで話題となり、閉店までの間、『居酒屋　高瀬』は開店以来の繁盛を極める。レビューには多くの人々を“Stay hungry”にさせる力があったのだ。

「まったく、忙しくてかなわないよ」

不満げなご主人の言葉はうれしさの裏返しであることを、何十年ともに店を切り盛りしてきた妻は見抜いていたそうだ。

愛がてんこ盛りのレビューが、四十年の歴史を送った名店への最高の餞《はなむけ》となることがわかるのは、もう少しだけ先のことである。

女帝の憂鬱《ゆううつ》

高田崇史

嘘《うそ》をついたのは、初めてだった。

嘘は魔物。

嘘は猨鬼神《さるおにがみ》。

嘘は狐狸天狗《こりてんぐ》。

一度取り憑《つ》かれてしまうと、永遠に逃れることはできませぬ。ですから、決して嘘はつかぬよう。本当のことだけを口にして、心を清く保《たも》って生きるのです。

それがあなたの——いいえ、

私たちの家の——いいえ、

この国のためなのです。

だから誰もが正直に生きているのです。

幼《おさな》い頃から、そう教わって生きてきた。

でも。

その言葉こそが「嘘」だったことを知ってしまった——。

大化《たいか》元年、乙巳《いっし》の年。

鸕野讃良《うののさらら》は、中大兄《なかのおおえ》と、時の大豪族・蘇我《そが》氏の血を引く遠智娘《おちのいらつめ》との間に生まれた。

文字通り、祝福された誕生だった。

同年に父は、腹心・中臣鎌足《なかとみのかまたり》と組み、彼らと対抗する大王《おおきみ》・蘇我氏を討った。実に真っ当な征伐だ、と周囲の誰もが口にした。

母が逝去したのは七歳の時。母の父・石川麻呂《いしかわまろ》が謀反を企てた罪で自害後に斬首《ざんしゅ》刑となったことが、心に暗い影を落としていたのだろう。

十三歳で、大海人《おおあま》の后《きさき》になった。大海人には何人もの「夫人」が居たし、自分の姉も宮に入っていたので何の感慨もなかった。

この頃から鸕野讃良の周りには、細波《さざなみ》が立ち始める。

父の命《めい》により隣国の百済《くだら》を救うべく送られた倭国《わこく》軍が、白村江《はくそんこう》に於《お》いて歴史的大敗を喫した後、父と夫の仲が急速に悪化し、宴席で槍《やり》を持って争うまでになった。

そんな情勢の中、鎌足が没し、続いて父・中大兄が崩御すると、鸕野讃良の耳に様々な噂《うわさ》が入ってくる。

実は――。

乙巳の変では、父と鎌足に何の正当性もなかった。王として君臨していた蘇我氏を滅ぼし、取って代わろうとしただけだった。故《ゆえ》に、蘇我氏が書き記していた歴史書――自分たちが不利になってしまう証拠を、全《すべ》て焼却した。

実は――。

蘇我氏の血を引く母の父・石川麻呂の謀反も、父たちの捏造《ねつぞう》だった。母も気づいていたために心を病み、体を蝕《むし》ばまれて命を落とした。

つまり――。

二十年以上にわたって父・中大兄から聞かされていた話は、ほぼ偽りだったのだ。鸕野讃良は「造り物の世界」の中で生きていた。

しかも、夫・大海人も同じだった。

いや、更に酷《ひど》かった。

大海人が父の弟だと真《まこと》しやかに言われているが、これも「嘘」。兄より四歳も年上の「弟」など、どこに居るものか。

中大兄が没すると、後を大友《おおとも》皇子が継いだが、大海人が大友に戦いを仕掛ける。世に言う「壬申《じんしん》の乱」だ。

大友の母が采女《うねめ》という低い身分の女性のため、大友は大王となる資格はないと大海人は言い広めた。だがこれも「嘘」。大友の実母は、中大兄の后・倭姫《やまとひめ》だ。故に大友は事実上、大王の座に就いていたのだ。

この戦いで大友は、大海人の仕掛けた巧みな戦略によって、あっさりと敗れ自害した――というのも、また「嘘」。

大友は、最後まで付き添っていた物部麻呂《もののべまろ》に裏切られて殺された。麻呂は大友の首を手に大海人のもとに出向いたため、敵対した罪を許され、その後に大きく出世している。

つまりこの戦いは、大海人による一方的な権力奪取だった――。


鸕野讃良は、嘆息する。

父であった大王。

大織冠の、鎌足。

夫である天皇《すめらみこと》。

皆に嘘をつかれ続けて生きてきた。

けれども自分は嘘をつかなかった。

真実だけが家のため、この国のためになると信じてきたからだ。

しかし、今――。


突然、大海人が崩御し、大海人と鸕野讃良の間に生まれ、既に立太子まで済ませていた最愛の皇子、草壁《くさかべ》が病《やまい》に倒れた。そして、あろうことか即位を目前にして二十八歳で薨去《こうきょ》してしまったのだ。

これまで、父や夫たちの非道を見ぬ振りをしてきたのは、全て我が子・草壁を即位させたい一心だったから。しかしそれが挫折《ざせつ》。

かかる上は何があろうとも、大切な孫、草壁の子・珂瑠《かる》に皇統を継がせなくてはならぬ。

だが珂瑠は、まだわずか六歳。今、後を継ぐのは流石《さすが》に早すぎる。

どうしたら良《よ》い。

何か方法はないか――。

鸕野讃良は、一つの方策を選択した。

自らが即位する。

一刻も早く自分が即位して皇統を保ち、珂瑠の成長を待って、全てを譲るのだ。

ただ世情は、今までになく不安定。大海人の皇子であった大津《おおつ》皇子の謀反と自害。皇子の妃《きさき》・山辺《やまのべ》皇女の殉死などの事件を、未《いま》だ生々しく引きずっている。こんな中で、どうやって白分の即位の正当性を証明することができるか。

そこで。

大海人の時代から仕えている藤原《ふじわらの》不比等《ふひと》に、相談を持ち掛けた。

不比等は鎌足と、中大兄が与えた采女・安見児《やすみこ》との間に生まれた。しかし安見児は、その時既に、中大兄の子を宿していたという。鎌足もそれを承知で受けた――。

これが事実ならば不比等は中大兄の子。つまり鸕野讃良とは、血の繋《つな》がった姉弟になる。

この話に関しては誰もが口を閉ざしているが、真実だと直感している。

だからこそ草壁薨去の際には、皇子の佩刀《はいとう》「黒作懸佩刀《くろづくりかけはきのたち》」を与え、不比等も鸕野讃良に対し、これからどんな協力も惜しまぬと誓ってくれた。今、頼れるのは、ずば抜けて頭の切れるこの「弟」だけだ。

早速、鸕野讃良は不比等を呼び出して胸の内を忌憚《きたん》なく告げると、不比等は身に纏《まと》った袍《ほう》を整え、恭《うやうや》しく申し上げる。

誰もが認めざるを得ない「歴史」が必要です、と。

怪訝《けげん》そうな表情を浮かべた鸕野讃良に向かって、不比等は「歴史を創《つく》るのです」と言う。

「父や天皇のように、事実を捏造しろと」

顔を顰《しか》めて尋《たず》ねると、不比等は静かに首を横に振った。

「捏造ではございません。新たな歴史を一から創造し、後世に残すのです。幸いなことに、大王が蘇我の歴史書を全て灰にされております。それらの代わりに、我々が新しい歴史書を書き残せば良いのです……いや……それだけでは弱い。その『歴史』に合わせて『神』が欲しい。誰もが全く疑いを挟めぬような、絶対的な神が」

今は、大海人の天皇が「神」として祀《まつ》られている。しかし、これからは鸕野讃良こそが「神」となるべき。同時に、我が国に君臨する神を「男神」から「女神」へと変容させてはいかがか。

「だが」鸕野讃良は眉根《まゆね》を寄せる。「妙見《みょうけん》――北極星《ほっきょくせい》にしても、太陽神にしても皆、男神」

「構いませぬ」不比等は不敵に笑った。「太陽神が女神。それこそが、我が国独自の新しい歴史」

「しかし、そのように都合の良い神がおろうか」

「大海人の天皇が『望拝《たよせにおが》』まれたという、伊勢《いせ》の神はいかが」

「あの地の神こそ、磯神《いそがみ》で男神ぞ」

「女神を勧請《かんじょう》すればよろしい」

不比等に一つの躊躇《ためら》いもない。

「神祇伯《じんぎはく》や祭主《まつりぬし》に我が藤原一族——中臣意美麻呂《なかとみのおみまろ》らを据えれば、主祭神交替など真《まこと》に容易《たやす》いこと」

にやり、と微笑《ほほえ》む。

「今の磯神——海神で思い当たりました。良い女神がいらっしゃいます。その女神を勧請し『天壌無窮《てんじょうむきゅう》の神勅《しんちょく》』を下して頂くのです。この国は、我が子孫が治むるべし。そして、天《てん》孫《そん》——自分の孫神が地上に降りるべしと。将に、貴女《あなた》様にとっての珂瑠皇子様が」

「孫神……」

「『天孫降臨《こうりん》』です。それに相応《ふさわ》しい宮も、新たに造営致しましょう」

「だが、また随分と辺鄙《へんぴ》な土地に……」

「あの地では上質の丹《に》——水銀が採れます。その地を我等が物にすれば、一挙両得」

何と。そこまで考えたか。

驚きを隠せぬ鸕野讃良に向かい、不比等は淀《よど》みなく語った。

この男は、本来であれば皇位をも狙《ねら》える血筋にも拘《かか》わらず、こうして鸕野讃良に尽くしてくれている。本心からなのか、それとも何か秘めた深謀遠慮があるのかは計り難いが……。

だが、今は何も反対することはない。

全て不比等の言う通りに進むだろう。

後は鸕野讃良が、その「嘘」を公に報《しら》せるだけ——。

一度嘘をついてしまうと、その嘘を糊塗《こと》するために延々と嘘をつき続けなければならなくなる。

〝嘘は不吉な狐狸天狗〟

〝一度取り憑かれてしまうと、永遠に逃れることはできませぬ〟

しかし——。

生まれて初めてついた「嘘」が、これほど大きなものとは。

自分や不比等ほど大きな「嘘」をついた人間は、今まで我が国にいなかったろうし、これからも現れぬだろう。

だが……この「嘘」を護《まも》るために、子々孫々、どれほどの嘘を糊塗し続けていかなくてはならないのか。遠い未来には、不比等ですら想像していなかった我が国の「歴史」が構築されているに違いない。

鸕野讃良は、緑爽《さわ》やかな景色に視線を移す。

春過ぎて夏来にけらし白妙《しろたえ》の
　衣干すてふ天香具山

ここから天香具山を望むことはできるが、そこに干した衣など見えるはずもない。この場所から見えるほど大きな衣を、誰が山に干すものか。これも嘘だ。

しかし後世、多くの人々はこの歌を誉《ほ》め称《たた》えるだろう。

それで良い。何の問題もない。

でも、どことなく心淋《さび》しく……。

後の世に、「皇統を維持」した天皇――「持統」と呼ばれることになる鸕野讃良は、憂慮を湛《たた》えた顔で初夏の風に領巾《ひれ》をなびかせながら、空を行く白い雲を眺《なが》めた。

嘘《うそ》日記

真下みこと

嘘をついたのは、初めてだった。

だけど仕方がなかった。だって、お母さんのウワキを見ちゃったから。

わたしはこの嘘をおぼえておくため、この「嘘日記」を書くことにした。自分がついた嘘の中身をわすれて、それとムジュンすることを言ってしまうと、嘘をついたことがバレてしまう。この日記を見れば、自分がついた嘘を、いつでも思い出すことができる。

10月7日（金）晴れ

家に帰ってランドセルを開けて、算数のドリルを学校にわすれたことに気づいた。わたしはすぐに手ぶらで学校にもどった。

本当は、一度帰ってからまた来た場合は守えいさんに門を開けてもらって、紙にクラスと出席番号と名前を書かないといけない。だけど、今日はすぐにもどったから門がまだ開いていて、守えい室にもだれもいなかった。こっそりげた箱に向かい、すばやく上ばきをはいた。

学校には人はほとんどいないみたいだった。かいだんをしずかに上がって、なんとなく頭をひくくしながらろうかを歩き、自分のクラスに着いてつくえの中を見た。

「あった」

やっぱりわすれていた。『すず木ゆいか』と名前が書かれているドリルを引っぱり出し、また頭をひくくしながらろうかを急ぎ、かいだんをおりた。

１かいに着いてげた箱にもどろうとしたところで、お母さんの声が聞こえた。

――今日はＰＴＡがあるから午後は会社お休みなの。

朝ごはんのときにそんなことを言っていた。お母さんになら見つかってもおこられないだろうと思い、声のする方に歩いていく。しょく員室の手前にある会ぎ室のドアが少しだけ開いていて、中は電気がついている。

ゆっくりとのぞき、わたしはおどろいた。

お母さんと知らない男の人が抱き合って、キスができるくらいに顔を近づけているところだった。相手はもちろん、お父さんではない。

どうしたらいいのかわからなくなり、急いでげた箱に向かった。走って家に帰り、かぎをしめる。息が切れて、マラソンの後みたいにおなかがいたくなった。

しばらくして帰ってきたお母さんは、わたしがあの場所にいたことに気づいていないみたいだった。仕事部屋にかばんをおきに来て、何もなかったかのようにわたしに声をかけた。

「今日はずっと家にいたの？」

「うん」

そろばんの宿題やらないといけないし、と目をそらして言うと、

「さき山先生、厳しいもんね」

とお母さんは笑って、それからキッチンに向かい、夜ごはんを作り始めた。よく考えたらそろばんは週に一度、木曜日だけ通っているので、昨日の今日で宿題をする必要なんてなかったのだけれど、お母さんは気にしていないみたいだった。

お母さんのひみつを知ってしまったわたしは、それを知らなかったことにするために嘘をついてしまった。嘘をついてはいけないと、わたしはいつもお父さんに言われていた。もしこの嘘がお父さんにバレて、どうしてこんな嘘をつくことになったのかを説明したら、大変なことになってしまう。お父さんとお母さんはリコンすることになり、わたしは転校することになるかもしれない。お父さんかお母さん、どちらかと一生会えなくなるかもしれない。

そんなの、わたしはぜったいにいやだ。

*

——崎山先生のところのコロネちゃん、いなくなっちゃったんだって。

お昼休みに美弥妃《みやび》とした会話を思い出しながら、唯香はマンションのドアの前で深呼吸をした。今日は月曜日なので、お母さんは在宅勤務のはずだった。

「ただいまー」

鍵を開けて玄関から声をかける。お母さんは仕事部屋にいるのだろう。唯香の勉強机はお母さんの机の隣にあるので、手洗いうがいをしてから仕事部屋のドアをノックした。

「入っていい？」

「どうぞー」

返事が返ってきたので唯香は安心した。それから自分の机の上を見ると、『嘘日記』が置きっぱなしになっていた。ノートは閉じられているが、中身を見ようと思えばいつでも見られる状態になっている。唯香はできるだけさりげなく、一番上の引き出しに仕舞って鍵をかけた。

「どうしたの？」

「なんでも。あ、ただいま」

思い出したように言うと、お母さんは大しておかしくもなさそうに笑った。唯香は漢字ドリルを開き、

「これ終わったら美弥妃の家行ってくる」

とお母さんの顔も見ずに伝えた。美弥妃とはそろばん塾が一緒で、唯香の一番の友達だ。

「晩御飯までには帰りなさいよ」

唯香の顔を見ずにお母さんは答えた。

オレンジジュースが二人分と、マフィンにフィナンシェ、マドレーヌの載ったおぼんが、ピンク色のローテーブルに置かれた。いつも通り、お手拭きも二つ用意されている。

「どこ行っちゃったのかしらね、コロネちゃん」

おやつを出しに来た美弥妃のお母さんが心配そうに眉を下げる。

「いつからいないんだっけ？」

美弥妃は出されたオレンジジュースに手を伸ばす。

ちょっと美弥妃、手を拭いてからにしなさい、なんて注意を聞きながら大人しく座っていると、美弥妃のお母さんはまた困ったような顔をした。

「コロネちゃん、金曜日の夕方から姿がないって先生が」

「誘拐されたんじゃない？　おとなしい犬だし」

「美弥妃、なんてこと言うの」

「何が？」

「もう、本当にこの子は……。じゃあ唯香ちゃん、ごゆっくり」

美弥妃のお母さんが部屋を出て行き、唯香たちはそれからテレビゲームをすることにした。唯香が来ない日も美弥妃はこのゲームで遊んでいるので、最近は遊ぶたびに差が開いているような気がしていた。四回連続で負けたところで美弥妃のお母さんに声をかけられ、唯香は家に帰ることにした。

家から歩いて十五分のところにあるファミレスは、平日だからか空いている。今日はお父さんが出張でいないので、夜ご飯はお母さんと二人、ファミレスで食べることになった。

ピンポーン、という呼び出しベルが鳴ったあと、お母さんが唐突に言った。

「唯香、お母さんに嘘ついたことある？」

「ないよ」

運ばれてきたばかりのオムライスをつつきながら、唯香は何食わぬ顔をして答えた。

「本当？」

「うん、なんで？」

そう聞くと、お母さんは楽しくなさそうな笑みを浮かべ、ため息混じりに言った。

「……金曜日、お母さん見ちゃったのよ。あなたが学校にいるところ」

「学校には行ったよ、平日だし」

「違う違う、放課後」

「え……」

「あの日は日向《ひゅうが》さんっていう専業主夫の方と二人でベルマークの集計作業をしていたんだけどね。唯香、一瞬ドアから顔を出したでしょ？」

唯香は何も言わずに黙って俯《うつむ》いた。デミグラスソースのかかったオムライスが、てらてらと美味《おい》しそうに光っている。

「声をかけようと思ったらもういなくて、もしかしたら何か勘違いしたんじゃないかって。

お母さんと日向さん、ただ作業していただけなんだけど」

　お母さんの真剣な声色に、唯香は顔を上げた。

「……そうなの？」

「そう。……ってことはやっぱりあの日学校に来てたのね。お母さんにはずっと家にいたって言ったのに」

「あ……」

「まあいいの。気にしないで」

　そう言ってお母さんはサバの味噌煮《みそに》定食を食べ進めた。唯香もオムライスをまた食べ始め、しばらくの間無言になった。

「ふふっ」

　思わず笑うと、お母さんが不思議そうに首を傾《かし》げる。

「どうしたの？」

「いや……」

　だって、こんなに上手《うま》くいくとは思わなかったから。

　先週の金曜日、唯香は外に繋《つな》がれていたコロネちゃんを勝手に逃がしたのだ。逃げたがっている様子のコロネちゃんの首輪からチェーンを外して放したのだ。前日のそろばん塾のレッスンのときに、手の爪にマニキュアを塗っているのが見つかり、崎山先生にこっぴどく叱られたばかりだった。

――小学生のくせに色気づくなんて、不潔な子。

みんなの前でそう言われたことに腹が立ち、唯香はその仕返しに先生が一番大切にしているものを消してしまおうと思ったのだ。

子供のいない先生にとって、コロネちゃんは子供同然なのだと本人が言っていたのを思い出し、翌日行動に移した。十五時に学校が終わり、唯香はその足でそろばん塾に向かった。そろばん塾は先生の自宅が教室を兼ねているので、教室が開いている十五時から十八時の間、コロネちゃんは外に繋がれることになっている。コロネちゃんは滅多に吠《ほ》えないので、唯香が首輪からチェーンを外したときも静かにしていた。誰かに見つかったら適当に誤魔化して戻そうと思っていたが、レッスンは十五時から、十六時からと一時間単位で入っており、教室があるのは人通りの少ない住宅地なので、運良く誰にも見つからなかった。チェーンを外したコロネちゃんを抱いて歩き、人がいない場所で放した。一人で戻ってくるときに十六時のレッスンの子たちが教室に入っていくのを見たので、コロネちゃんがいなくなったのは十五時から十六時の間だといずれわかるだろう。

うちから学校に行くには歩いて二十分、そろばん塾に行くのにはうちから二十五分かかり、そろばん塾は学校とは反対側なので学校からそろばん塾までは歩いて三十五分かかる。お母さんは唯香が一度家に帰ってから学校に戻り、それから家に帰ったと信じている。だからもし唯香が疑われたとしても、十五時から十六時の間、唯香がそろばん塾に行くことは不可能だと言ってくれるだろう。

嘘日記の内容は、あのことを除けば全部嘘で、学校に忘れ物を取りに行ったことにしたかっただけだ。あの日、唯香は学校には戻っていないし、お母さんが浮気をしていたのかなんて知らない。

だけど、お母さんが日向さんと浮気をしているのを、唯香は見たことがあった。先々週の金曜日、唯香は掃除が遅くまでかかったせいで帰るのが遅く、日記に書いたように偶然、会議室で「ＰＴＡ活動」をするお母さんを目撃したのだ。お母さんと日向さんは抱きしめあっていて、陰から唯香がじっと見ていたらそのうち離れた。つまり、二人が浮気をしているのは本当だけど、十月七日に浮気をしていたというのは嘘、正確に言うと、その日についてはわからない。

それでも、お母さんは浮気自体を認めないはずだから、日記を見ていないふりをして学校にいたでしょうと聞いてくるだろう。そう考えて月曜日、唯香はお母さんが在宅勤務の日に勉強机の上に『嘘日記』と書いたノートを置いたのだ。

嘘をついたのが初めてなわけがない。小学四年生にもなると、家でも学校でも、嘘をつかないとうまくやっていくことなんてできない。

お母さんは味噌汁を飲んでいて、その表情はどこか安心しているように見える。

「ねえ、お母さん」

「何？」

お母さん、わたしに嘘ついたことある？

頭の中でそう呟《つぶや》いて、けれど、唯香はその言葉を口にしなかった。

「ううん、なんでもない」

そう言ってから、オムライスの最後の一口を食べ終わった唯香は、お母さんの目をじっと見つめて言った。

「嘘ついてごめんね、お母さん」

終わる日／オワルヒ

彩坂美月

嘘《うそ》をついたのは、初めてだった。

……罪を犯すための嘘を。

◇

「とっておきの秘密を教えてあげる」

そう云《い》って誘い出した私に、冴子《さえこ》がふてくされたような声で尋ねてくる。

「ねえ、一体どこに向かってるわけ？」

まだほの暗い朝の山道を登りながら、同じ大学に通う幼なじみの冴子はずっとぼやき続けていた。

「ていうか秘密って一体何なのよ？　勿体《もったい》ぶらずにいいかげん教えてくれてもよくない？」

まあまあ、と私は彼女をなだめにかかった。

「あと少しで目的の場所に着くから」と、ごく自然に見えるよう意識して笑みを作る。

「きっと驚くと思う。想像もつかないと思うよ」

そんな嘘を口にすると、冴子は「ふうん？」と疑《うたぐ》り深《ぶか》そうに目を細めた。

「ホントかなー。由奈《ゆな》の云う驚くことって、別に大したことじゃなさそう」

見下すような口調に胸の奥がじくりと疼《うず》くのを感じながら、「ひどい、そういうこと云う？」とわざと冗談めかして軽く応じる。

ふと、冴子と初めて会った幼い日のことが脳裏をよぎった。

うちの近所に引っ越してきた彼女は、私が挨拶するなり、怯《おび》えた様子で母親の後ろに隠れてしまった。当時の冴子は他人と目を合わせられない、臆病な女の子だった。

「どうして隠れちゃうの？」

子供だった私はきょとんとして尋ねた。

曾祖父《そうそふ》がドイツ人だという冴子は、ヘーゼルアイという、薄茶がかった少し不思議な色の目をしている。その瞳の色を他の子供たちからからかわれて幼い彼女がひどく傷ついていたという事実は、後になってから知った。

そのとき、警戒するように私を窺《うかが》う冴子と目が合った。光の角度によって色が変わる、ビー玉みたいに綺麗《きれい》な目だと思った。

「すごくきらきらしてるのに」

無邪気に思ったことを口にすると、冴子が驚いたように私を見た。私が笑いかけた途端、彼女の頬が紅潮する。

その日以降、冴子は私にくっついて歩くようになった。私を通して少しずつ周りとも交流するようになり、前より積極的になった。

気がつけば、彼女はいつも人の中心にいる華やかな美少女へと変化していた。

かつて後ろをついてきた内気な子は、堂々と胸を張り私の前を歩くようになっていたのだ。

仲の良《い》い友達は、いつのまにか私よりも冴子と親しくなった。私が好意を持った男の子は、みんな冴子の方を選ぶ。そんなことは日常茶飯事だった。私の欲しいものを、冴子はいつも奪っていった。そのたびに私は密《ひそ》かに嫉妬し、傷ついた。

だけどそれらは、まだ許せた。

……ずっと片思いをしていた、アルバイト先の先輩。優しくて誠実な彼に、私は本気で恋をした。

ようやく思いを伝える決意をしたとき、彼と付き合うことになったと突然冴子から告げられた私は、一体どんな表情を浮かべていたのだろう。その夜、悲しくて一人で泣き続けたことを覚えている。

そして先日、ふとしたことから彼の話題が出ると、冴子はあっさりこう云った。

「あ、云わなかったっけ？　おととい別れた」

「どうして」と私は驚いて尋ねた。

私の問いに、えー、と冴子が小首をかしげる。

「なんか合わないっていうか、思ったよりつまんなかったんだよね。あたしには無理」

面倒そうな口ぶりで答え、冴子は私の顔をちらりと見た。

「由奈は、あんまり人を見る目がないからさあ」

わざとらしくため息を吐《つ》き、バカにするみたいに半笑いで続ける。

「ああいう優柔不断な態度を、優しいって勘違いしちゃったんじゃない？」

その言葉を聞いた瞬間、愕然《がくぜん》とした。

――冴子は、私の恋心に気がついていた。

私が先輩を好きだと知っていて、わざと彼を奪った。きっと今までもそうだったのだ。私の欲しいものを手に入れることで自尊心を満たし、私を見下していたのだろう。なんてひどい。

そのとき、生まれて初めて冴子に殺意を覚えた。彼女が憎くてたまらなかった。

これからも理不尽に奪われ、あの子に惨めな思いをさせられ続ける人生なんて、うんざりだ。

――冴子を殺す。私の人生から彼女を消し去り、こんな屈辱の日々を終わりにするのだ。

誰にも気づかれずに冴子を殺害するべく、私は色々な下調べをした。そして今日、意味深な嘘をついて、彼女をここまで連れ出した。

私たちが歩いているのは、郊外の小さな山だった。進む先には、市街地を見渡せる展望台がある。

有名な観光名所というほどでもないそこは、地元で「恋人の聖地」と呼ばれていた。天使のモニュメントが建てられたその場所を二人で訪れ、一緒に朝陽《あさひ》を見ると、永遠に結ばれるのだという。パワースポットブームに乗っかった、陳腐な作り話だ。

滅多に訪れる人のいないその場所を下見に来たとき、崖に設置されたフェンスの一部が壊れて撤去されたままなのを発見した。

……ここから人が落ちて死んでも、きっとおかしくはないだろう。

昨夜は、冴子の家に泊まった。彼女が眠っている間にこっそりスマホに触らせて生体認証をし、ロックを解除した。

メッセージアプリを立ち上げ、冴子のアカウントから先輩に短いメッセージを送る。

〈今までありがとう　さようなら〉

送信すると、相手からの返信が目に触れないよう、すぐに先輩をブロックした。そして今、スマホは圏外になっている。

――彼氏と別れた若い女性が、永遠に結ばれると噂《うわさ》される「恋人の聖地」から転落死する。しかも、直前に別れた相手へ意味深なメッセージを送って。

周囲は、失恋のショックから身を投げたと思ってくれるはず。

目的の場所が近づいてきた。さっきから心臓が激しく脈打っている。もう、引き返せない。

展望台に到着すると、私が誘導した場所で冴子は立ち止まった。

「は？」と当惑したような声を漏らす。

「とっておきの秘密って……」

私は緊張に息を呑《の》んだ。まだ状況が理解できないでいる様子の冴子の背後に、さりげなく回り込む。今だ。チャンスは、今しかない。

意を決し、無防備な彼女の背中を崖の方に向かって突き飛ばそうとした、そのときだった。

冴子の姿がふいに視界から消えた。彼女が私の殺意に気づいて回避したのかと思い、仰天する。とっさに身を硬くした私の目に、うずくまる冴子が映った。

冴子は、なぜか地面に座り込んでいた。その背中が小さく震えている。

肩越しにこちらを振り向いた冴子は泣いていた。目から、ぽろぽろと涙がこぼれ落ちる。

「嘘みたい」

動揺する私の前で、へたりこんだまま、彼女は云った。

「こんなの、だって」

信じられない、と冴子が呟《つぶや》く。

「あたしばっかり好きなんだと思ってた」

嗚咽《おえつ》まじりにそう云い、両手で口元を覆う。混乱して私が立ち尽くしていると、彼女は幼い子供のようにしゃくりあげ、かすれた声で口にした。

「嬉《うれ》しいよう……」

私は思わず目を瞠《みは》った。まさか——まさか。

冴子は、私を嘲っていたのではないのか。

親しい友達や、好意を抱いた異性を私から遠ざけてきたのは嫌がらせではなく、私を誰にも奪われたくなかったから……？　彼女は長い間、そうやってずっと。

そのとき、眩《まばゆ》い朝陽が昇った。私を見上げる冴子と、初めて会ったときのように視線がぶつかる。

光を映し、彼女の瞳が美しく輝いている。深い感情を宿したその色から、目が離せなくなった。

言葉で云い表せない感情が、胸の奥から湧き起こる。

嘘をついたのは、初めてだった。

……罪を犯すための嘘を。

だけど今、ひょっとしたら、私の嘘は本当になったのかもしれない。

◆

あたしは涙を拭いながら、そっと由奈を盗み見た。

……彼女が精神的に追い詰められていることに、あたしは気がついていた。

そわそわと落ち着かない様子であたしを誘い、ふとした瞬間に後ろめたそうな表情をする。夜中にこっそりあたしのスマホをいじっていたのにも、もちろん気がついていた。だけど、素知らぬふりをした。

きっとあたしの存在が由奈を悩ませているのだろう。あの子の仲良しの友人も、恋していた男の子も、あたしが取り上げてしまったから。

だって仕方がないのだ。あの子の心を占めるのは他の誰かじゃなく、いつだってあたしでいて欲しい。

まっすぐで、嘘のつけない、いとしい人。固く閉ざした扉を開け、幼いあたしを外の世界に解き放ってくれたのは由奈だった。

だから、策に乗ったふりをしてみせた。あたしを殺そうとまでした彼女の罪悪感を利用し、決して解けない鎖で縛る。もう、これで逃がさない。

由奈、と彼女を見つめてうそぶいた。

「きっと振り向いてくれるって、信じてた」

朝陽に包まれる中、あたしは密やかにほくそえむ。

嘘をついたのは、初めてだった。

……罪を犯すための嘘を。

だけど今、この嘘は本当になると確信している――。

二十五万分の一

芦沢　央

嘘《うそ》をついたのは、初めてだった。

なぜなら、嘘をつくと消えてしまうからだ。

幼い頃、不治の病に侵された祖母は、ある日突然、「まだ死にたくない」と言って消えてしまった。

小学生の頃、好きな人について訊《き》かれて「そんなのいない」と答えた遠藤さんは、その瞬間、跡形もなく姿を消した。

人が消えても、周りの人は騒がない。嘘をついて消えた人間は他の人の記憶からも消されて最初からいなかったことになるから、誰も疑問にすら思わないのだ。

なのになぜ私は覚えているのかと言うと、「人の消失によって整合性が取れなくなったことを調整する役目」を負った〈津村《つむら》の一族の女〉だからだ。

母はまだ私が言葉を話せるようになる前から、嘘だけはついてはいけない、と繰り返してきた。

絶対に怒らないから、正直に話しなさい。どうしても本当のことを言いたくないときは、黙っていなさい。お母さんはあなたに消えてほしくないの。あなただって消えるのは怖いでしょう？

だから私は、ほとんどしゃべらない子どもになった。私は、絶対に絶対に、消えたくなかった。

嘘じゃないなら普通に話して大丈夫なのよと母は言うけれど、何が嘘なのか自分でもわからないときがある以上、話さないに越したことはない。

とにかく会話に参加しようとせず、何かを訊かれてもだんまりを決め込むことが多い私には、当然のことながら友達ができなかった。いや、正確には中学生の頃に一人だけできたのだが、その子は中間テストの前日に「全然勉強してない」と言ったせいで消えてしまった。

人が一人消えると、しばらくして別の人間が新たに出現する。彼らは自分が最初からこの世界にいたと思い込んでいるし、周りの人も入れ替わったことに気づかない。

世界は中の人間を次々に替えて滞りなく回り続け、その回転に乗ることができない私を置き去りにしていく。

高校生になるとき、私はもう決して友達は作るまいと心に決めた。親しくなればなるほど、うっかり嘘をついてしまいやすくなる。好きになればなるほど、相手が消えてしまったときに悲しくなる。

必ず部活か同好会には入らなければならない決まりになっていたから、会員が二人しかいないという鉱物研究会に入会した。

一応、三年生が卒業したことでたった一人だけになってしまったハロウィン同好会——丸一年かけてハロウィンの準備をする——に入るという選択肢もあったのだが、会員が二人だけだと必然的に会話をしなければならない機会が増えてしまうことに気づき、直前で鉱物研究会の方に変えたのだ。

鉱物研究会の活動は、鉱物——宝石ではなく、道端に落ちているただの石——をただ拾い集めて愛《め》でるだけだという話だった。それなら特に協力しなければならないこともないし、会話も必要にならない。

しかし、この目算は誤りだった。

鉱物研究会の会員は私が入ることで三人になったのだが、そのうちの一人は籍だけ置いているものの不登校中だということで、実質二人で活動をすることになってしまい、しかもたった一人の先輩がものすごくしゃべる人だったのだ。

先輩は鬱陶しいほどに私を歓迎し、一緒にいる間中、延々と話し続けた。こんなにしゃべり続けていたら、うっかり嘘をついて消えてしまうのではないかと案じたほどだったが、先輩は一向に消えなかった。

先輩は相槌《あいづち》すら滅多に返さない私に構うこともなく、本当にいつも楽しそうに、拾った石について話し続けていた。

私はいつしか、先輩の話を聞いている時間が楽しいことに気づいた。気づいてしまうと、先輩が消えてしまったらどうしよう、と不安になった。

だから私は、人生で初めて、津村の一族以外の人間にこの世界の決まりを話した。

嘘をついたら消えてしまうから、気をつけてほしい、と。

先輩はすぐに信じた。

「そっかあ、だからカナちゃんはあんまりしゃべらないんだねえ」

「信じるんですか？」

驚いて訊くと、先輩はきょとんとした。

「だって嘘をついたら消えちゃうんでしょ？　カナちゃん、消えてないじゃん」

「嘘をついたら消えるっていう話自体が嘘という場合でも、消えないと思うんですけど」

「あ、ほんとだ」

先輩は目を丸くし、それから笑った。

「でも、わたしはカナちゃんの言うことだから信じるよ」

そんなことを言っても、先輩は消えなかった。


そのまま一年が経《た》ち、私は高校二年生に、先輩は卒業する学年になった。

先輩と二人だけのときなら、普通の人と変わらないくらいにはしゃべれるようになった私は、ある日、先輩と手を繋《つな》いでいつもの川辺を歩いていた。

この川は、学校がある駅からも家の最寄り駅からも十駅ほど離れているが、面白い石が見つかることが多い。

先輩が渦巻き模様の石を見つけ、私は気持ち悪さを感じるほどに真っ赤な石を拾った。

「目が回るねえ」

「これ、気持ち悪すぎてずっと見ていたくなりますね」

「あ、あれも面白い！」

先輩がはしゃいだ声を上げながら、私の手を離して地面に飛びついた瞬間だった。

私は、ふいに視界が暗くなったのを感じた。

何が起きたのかを考えるよりも先に身体《からだ》が動き、伸びた両腕が先輩を突き飛ばす。

どん、という衝撃と共に、背中にものすごい痛みと熱が走り、視界が真っ赤に染まった。

私が拾ったばかりの石のような、気持ち悪いほどの赤。

「カナちゃん！」

先輩の声が、どこかくぐもって聞こえた。

首を捻《ひね》って背後を見ると、私の背中には握りこぶしほどの穴が開いている。

――何だ、これ。

「どうしよう、カナちゃん、石が」

いつも笑っている先輩が泣いていた。

ああ、隕石《いんせき》か、と思い至った。たしか隕石に当たる確率は、二十五万分の一だったはずだ。

「やだよ、カナちゃん死なないで」

先輩の言葉を聞いて、そうか死ぬのか、と静かに思った。隕石に当たって死ぬなんて、本当に嘘みたいな話だ。

首を持ち上げているのがつらくなって、冷たい石の上に頬を載せると、先輩が這《は》いつくばって視線を合わせてきた。

——先輩は、泣いているときの顔も綺麗《きれい》なんだな。

せっかく最期なんだし言ってみるかと思って、そのまま口にすると、先輩は、こんなときになにを言ってるの、と怒り出した。怒ったときの顔もかわいいな、と私は思った。

もっと、この顔を見ていたい。

けれどもう、限界だった。

これ以上は、意識を保っていられそうにない。

私が死んだら、きっと先輩は泣き続けるのだろう。自分を責めて、私のことを思い出すたびにつらい気持ちになって、石を愛でることもできなくなるかもしれない。

そして、その先輩を慰めることが、もう私にはできない。

私は、最期の力を振り絞って、口を開いた。

「私、先輩のことが大嫌いです」

身体が急に軽くなるのを感じた。

世界が、先輩の顔が、どんどん薄れて遠ざかっていく。

消えていくときの感覚はこういう感じなのか、と初めて知った。

これで、先輩はもう、私がこの世に存在したこと自体を忘れる。だからもう、責任を感じてつらくなることもない。

願わくは、私が完全に消えるまでの一瞬の間——二十五万分の一秒でもいいから、私がついた最初で最後の嘘が、先輩にきちんと嘘だと伝わっていますように。

残った意識のすべてで祈りながら、私は消えた。

偽りの証言

大山誠一郎

嘘《うそ》をついたのは、初めてだった。

これまで嘘ひとつつかずに生きてきた。もちろん、あまりうまくない絵を見せられて「うまいね」とほめるとか、相手を傷つけたくなくて事実とは違うことを口にした経験はある。だけど、そういうのはふつう、嘘とは言わないだろう。わたしは生まれて初めて、相手を積極的に騙《だま》そうとして嘘をついたのだ。

今日、二人の刑事が訪ねてきた。五十過ぎの老練な雰囲気の刑事と、三十前の頼りなさそうな刑事だ。

「川《かわ》野《の》幸《ゆき》恵《え》さんですね」と若い方の刑事が言った。

「はい」

「斎藤《さいとう》龍平《りゅうへい》さんをご存知ですね」

「付き合っています。あの、龍平がどうしたんですか?」

二人の刑事は顔を見合わせたけれど、答えなかった。年長の刑事が口を開いた。

「昨日の午後五時台、斎藤さんとボウリングをしたそうですね」

わたしはうなずいた。

「龍平を含めたクラスメートたちでボウリングをして、それから別れました」

「そのあとは会っていない？」

「会っていません」

嘘に気づかれなかっただろうか、と不安になり、刑事たちの顔をうかがった。二人の顔には特に疑いの色はなかった。よかった、気づかれてはいない。

「教えてください。龍平がどうしたんですか？」

年長の刑事が言った。

「――実は、斎藤さんは、昨晩遅くに亡くなりました。自宅マンションで何者かにナイフで刺し殺されたのです」

「――刺し殺された？　いったい誰に？」

「わかりません。斎藤さんに危害を加えそうな人物に心当たりはありませんか」

わたしは首を横に振り、泣き出した。演技をしなくても、涙は次から次へと溢《あふ》れ出《で》た。本当に悲しくてたまらなかった。

「こんなことをうかがうのは申し訳ないのですが……」

若い方の刑事が遠慮がちに言った。

「ボウリングを終えてからどうしました？」

わたしは顔を覆う指の隙間から覗《のぞ》いた。刑事たちの顔にはすまなそうな表情が浮かんでいたが、その目はわたしをじっと見据えていた。

「……まっすぐこの部屋に戻りました」

「お一人でしたか」

「……ええ。一人で晩御飯を作って食べて、テレビを観《み》て、それから十二時前に寝ました」

そこでわたしは泣き叫んだ。

「わたしが龍平を殺したと疑ってるんですか！」

年長の刑事が「とんでもない」と大げさに手を振った。

「捜査の一環として訊《き》いているだけです。気を悪くなさらないでください」

「わたしが龍平を殺すわけないでしょう！　ボウリングを終えて別れてから、一度も龍平には会っていないんです！」

わたしに散々質問をしたあと、いちおう納得したのか、刑事たちは帰っていった。

わたしの嘘はばれていないだろうか？　それだけが心配だった。

*

刑事たちが帰ったあと、わたしは美里《みさと》の携帯に電話をかけた。

警察が来たよ、とわたしは言った。

「だけど、あなたのことは言わなかった」

ありがとう、と美里はか細い声で答えた。

美里からわたしの携帯に電話がかかってきたのは昨晩十二時前のことだ。

最初、聞こえてきたのはむせび泣きだけだった。どうしたの、とわたしは言った。

龍平を殺してしまった、と美里は途切れ途切れに言った。龍平が何度も浮気をするから、とうとう耐えられなくなって、ナイフで刺してしまった。

龍平はキャンパスで輝いていた。誰もが振り返るような容姿と爽やかな笑顔。話も巧みで、彼の周りでは笑いが絶えなかった。成績も優秀で、教官からも一目置かれていた。当然、男女を問わず多くの人を惹《ひ》きつけた。女友達も多かった。その中で龍平が恋人に選んだのは美里だった。大勢の女が美里をうらやんだ。

だけど、美里は気が休まる暇がなかった。龍平は美里を恋人にしたあとも、何人もの女を口説いていたのだ。

わたし？　わたしは問題外だった。龍平の女友達ですらない、ただのクラスメート。昨日だって、龍平を含むクラスメートたちとボウリングに行きはしたけれど、龍平とは一度も言葉を交わさなかった。友達の美里が龍平と楽しそうに喋《しゃべ》っているのを、指をくわえて見ていただけだ。ボウリングのあとはまっすぐ家に帰った。

昨晩、電話をかけてきた美里にわたしは言った。

「あなたが犯人であることは、警察には黙っていてあげる。その代わり、わたしの頼みを聞いて」

何？　と美里は言った。

「龍平と恋人なのはわたしだったことにしたいの。警察がわたしのところに来たら、あなたが龍平を殺したことは言わないけれど、龍平の恋人はわたしと言うつもり。あなたも龍平の恋人はわたしだったと言って。いいよね？」

美里は長いあいだ黙ったあと、いいよ、と答えた。

警察が調べればいずれはばれるだろう。だけど、いつも願っていたことを、たとえ一時でも他人に信じさせたい。

だから、さっき刑事たちが来たとき、わたしは嘘をついたのだ。生まれて初めて、相手を積極的に騙そうとして嘘をついたのだ。

「付き合っています」と。

バウンド・オーバーラップ

青羽 悠

嘘《うそ》をついたのは、初めてだった。

振り返れば六年も前のことになる。まだ六年とも、もう六年ともいえる。

「学校で課題が出てさ。班でスライドを作って、発表しなきゃいけないらしくて」

父にこう話すと、使わなくなったノートパソコンがあるといってそれを譲ってくれた。僕は父が最近パソコンを買い替えたと知っていた。

この町には曇り空がよく似合う。そう思い始めたのはいつからか。生まれ故郷のこの町には緊張感がなかった。その分だけ僕の未来もないような気がした。

朝、高校に自転車で向かい、誰にも挨拶をせず席に着いた。いつものように先生が来て、惰性で続く一日が始まった。退屈で緩慢な日々を皆が受け入れていた。僕は表面的な笑みを変えないまま、その灰色の日々に絶望していった。

我慢の限界だった。こんな町からも出ていけない僕は、何を憎めばいいか分からなかった。この灰色の光景を僕がひっくり返さなければいけない。そう思った。

なるべく大きなことを。世界の景色が変わるようなものを。

友達とカラオケに行ってくると言って家を出た休日、僕は電車に乗り、この辺りで一番大きな町にある本屋まで出かけた。本の目星はすでにつけていた。どのフロアにそれが置いてあるか分からなかった。でも、店員にその本の場所を聞くわけにはいかなかった。二時間ほどかけて、目当ての本をどうにか見つけた。

『爆弾の科学』『爆発物取り扱いマニュアル』『火薬工学の基礎』

レジで会計を済ませるときも、なるべく印象に残らないよう、いくつかの漫画を合わせて買った。

本を持ち帰りながら抱えていた期待と興奮はすぐに打ち破られた。読んでみれば、その中身は爆発の特性やその管理方法、効率的な製造といった、一個人が爆弾を作ることには直接役立ちそうもない情報ばかりだった。

落胆しながら何日かが過ぎた。でも、僕が欲しい情報は別の場所にあった。不埒《ふらち》なことを考える同志は確かにいた。

『爆弾　作り方』

父のおさがりのパソコンで検索したページを隈《くま》なく辿《たど》っていくと、掲示板の片隅に具体的な作り方が載っていた。出版物では出回らない情報もインターネットには確かに落ちていた。硝酸アンモニウムや尿素は肥料から取り出せると書いてあったし、硝酸などは高校の理科室にあるものが使えそうだった。

これなら一介の高校生にだって作れるに違いない。その瞬間、計画の全体図が見えた気がした。きっとやり遂げられる。僕の世界をひっくり返すものが作れる。

僕は腹を括《くく》った。どこに仕掛けるか。それが次の問題だった。

この町に仕掛けることは決めていた。僕は自転車を走らせ、ふさわしい場所を探した。爆弾はかばんに収まるくらいのサイズにできるはずで、かばんごと置いてくる形にすればどこにだって設置できた。

誰がどう巻き込まれて、何が起きるか。それを想像して決めなければいけなかった。一般市民、ペット、あるいは高校の同級生。何なら親でもよかった。大事なのはそれを見て皆が驚き、現実の脆《もろ》さを意識することだ。

色々な場所に爆弾を仕掛ける連続事件にしてもいいかもしれない。撮り溜《た》めた写真や考えついた想像を思い返しながら、僕は夜な夜な自分の部屋で笑っていた。凡庸を煮詰めたような顔つきで高校へ通い、夜にその計画を膨らませた。町の地図を用意して、その計画の日時や動線を綿密に練った。

ついに計画が出来上がった。

それからは夢中になって作業に取り組んだ。あとは実際に形にするだけ、手を動かすだけだった。しかし、何においても一番難しいのは形にする作業だと知った。上手《うま》くいかないことだらけだった。それに、ただ爆発させればいいということではなかった。大事なのは、人がそれにどう影響されるかだった。僕はただ世界をひっくり返したかった。

「ねえ、ご飯よ」

突然、母が僕の部屋に入ってきたときにはひどく肝を冷やした。計画をまとめたノートをとっさに閉じ、パソコンも畳んだ。

「どうしたの」

「いや、別に」

僕は首を振るだけだった。母は「まあ、いいけど」と言って出ていった。何かに感づいた様子はなかった。それでも誰にも見つかりたくなかった僕は、前にもまして親を警戒するようになった。

でも思い返せば、ただ見つかるのが恥ずかしかったのだ。

ついにすべてが完成したのは、計画を思いついてから十ヵ月後のことだった。その頃にはもう春休みになっていた。僕の目の前で計画が具現化していた。それを見て僕は泣いた。自分の生み出したものに心揺さぶられる経験は初めてだった。

平日の昼過ぎ、僕は完成品の入ったリュックサックを背負って駅前に向かった。しなびた町にも多少の往来があった。手押し車を押すおばあさんと、電話に向かって何かを怒鳴る中年の男がいた。駅のロータリーには白いミニバンが停《と》まり、作業服を着た男が昼寝をしていた。

僕は人の目を恐れなかった。今まさにやり遂げようとしているのだという誇らしい気持ちでいっぱいになった。この人生で初めて何かを成した。そんな気分だったし、それは実際正しかった。

あとはこれが炸裂《さくれつ》するのを待つだけだった。……でも不思議な気分だった。僕はもう満足していた。誰かに見られる必要もないと思った。僕が嫌いだったのはこの町ではなくて、何もできない自分のことだった。

僕はリュックサックから中身を取り出し、ポストへ入れた。

僕の初めての嘘は本当に炸裂した。

正直、上手くいくなんて信じていなかった。でも、確かに僕の嘘は人目に触れることとなった。作品内で語られる爆弾製造過程のリアリティ、それから爆弾に惚《ほ》れ込《こ》む高校生の鬱屈が評価された。僕のことが新聞やテレビで取り上げられ、ちょっとした有名人になった。僕が高校生だったこともその話題の要因になった。

それからは嘘をつき続ける毎日だった。

どうにか上手い嘘を。人々をあっと言わせる奥深い嘘を。必死に考えているうちに、何とはなしにコツも分かってきた。

一番面白いのは嘘が事実を飛び越えていく瞬間だった。嘘はときに、事実よりずっと核心めいたことを言い当てた。灰色の世界に埋まっていた輝きを引っ張り出すことができた。

僕はもうあの灰色の町を出たし、嘘をつく動機も当時とはずいぶん違うものになっていた。短い嘘を書いて欲しいという依頼を貰《もら》ってこの文章を執筆しながら、初めて嘘を書いたときの気持ちはどんなものだったろうかと思い返し、何だか懐かしい気分になっていた。

あれから色んな嘘を考えているうちに、たくさんのことが変わっていった。現実を打ち破るためのフィクションだったはずなのに、今や現実がフィクションに寄りつつあった。何が嘘で何が本当か、よく分からなくなってきた。

しかし誰だって同じかもしれなかった。人々はそれぞれの人生にフィクションを見出《みいだ》しているのだ。散漫とした高校生としての日々に、会社のプロジェクトに、子育ての奮闘に、悶々《もんもん》とした恋に、他人を見送る別れに……。その瞬間の自らの役回りを捉えて、フィクションに等しい人生の流れを見出し、自らをフィクションに重ねて生きていた。

この話も僕の人生に訪れたフィクションで、それは色濃い現実と表裏をなしているようだった。何が嘘かなんて迂闊に言えるものではないのだ。でも一つ確かに言えることがあるとすれば、僕のデビュー作は高校生の爆弾魔が主人公のミステリではなかった。

悲雨

阿部暁子

嘘《うそ》をついたのは、初めてだった。

芳郎《よしろう》は嘘を見抜く。だから私は、芳郎に対してだけは正直だった。私は芳郎の信頼を得たかった。

六畳一間のアパートに置いた小さなテーブルと二脚の椅子は、芳郎が近所の工務店から貰《もら》ってきた廃材で作った。芳郎は手先が器用だ。そして、物を作るのが好きだ。

テーブルに置いたマグカップをながめた芳郎は、次に向かい側に座る私を見つめた。芳郎の目は暗い。夢も希望も持たないように。

「うん」

芳郎は呟《つぶや》いた。考えを言葉にするのが下手くそな彼は、何でも「うん」で済ましてしまう。

けれど私は、芳郎の「うん」が嫌いではなかった。

芳郎に拾われたのは一年前の今日、冷たい雨が降る秋の終わりだった。

頭痛にうめきながら目を開けると、芳郎の部屋にいた。私は布団に寝かされていた。状況を理解できないまま顔を動かすと、すぐそこで芳郎が片膝を抱え、体の右半分だけを壁にもたせかけていた。雨音だけが唯一聞こえる音だった。

「私はどうしてここで寝ているんでしょうか」

芳郎が年下であることはわかっていたが、彼の世話になったことは明らかだったので敬語で訊《たず》ねた。芳郎は少し黙ってから口を開いた。

「帰ってきたら、階段のところで倒れてた。ずぶ濡《ぬ》れだったから、つれてきた。俺はケータイ持ってないから、救急車呼ぶなら、自分でしてほしい。ここを出てから、呼んでほしい」

彼のしゃべり方は失敗作のＡＩみたいだったが、芳郎としてはかなり頑張ったのだと思う。芳郎がこんなに長くしゃべるのは奇跡的なことだと後に知った。

「救急車がお嫌いなんですか」

「うん」

「助けていただいてありがとうございます」

「うん」

「私は、時雨《しぐれ》といいます。父が付けた名前です。名字は一身上の都合により教えられません。今年で二十七歳になります」

「うん」

「あなたのお名前は？」

芳郎はまた黙り込んだあと、呟くように名乗った。私と同じように名字は明かさず、先月二十五歳になったと話した。

起き上がって狭い部屋の中を見渡したが、ほとんど物がなかった。私が持っていたはずの竹刀袋とバッグも。「私の荷物を知りませんか？」と訊ねると「うん」という返事だったが、さすがにそれはどうかと芳郎も思ったようで、例のＡＩ口調で付け足した。

「俺が来た時には何もなかった。警察に届けるなら、自分でやってほしい。ここを出てからに、してほしい」

「警察もお嫌いなんですね」

「うん」

「芳郎さん。私は帰るところがないんです」

「……うん？」

「頼れる親類縁者や友人もいません。今まではネットカフェでしのいでいましたが、文無しになった今はそれも不可能。初対面でこんなお願いをして図々《ずうずう》しいことは重々承知の上ですが、これも何かの縁と思って、しばらくこちらに置いていただけませんか」

私を見つめる芳郎の目は陰鬱で、ひんやりとした無表情は鉄パイプを連想させた。芳郎は自分の気持ちを語ることが皆無なので、この時の彼が何を思ったか私は知らない。ただ長い沈黙の末に、芳郎は答えた。

うん、と。

雪かきに苦労する厳冬の頃、思い立って私はココアの粉と牛乳を買った。小さな頃、父がよく作ってくれた味を思い出しながらココアをいれ、食後、芳郎に提供した。湯気をたてるマグカップをのぞき込み、そろそろとココアを口に含んだ芳郎はやはり無表情だったが、暗い瞳にやわらかな光が浮かぶのを私は見た。

桜が咲いた頃、私がアルバイトから帰ると、部屋に木の匂いがする愛らしいテーブルと椅子が置かれていた。私と芳郎が向かい合って座るのにちょうどいい大きさだった。

夏、エアコンのないアパートはサウナ状態になった。私と芳郎はよく近所の図書館に避難した。芳郎は意外なことに本が好きだった。とくに人が死なない推理小説が好きだった。

八月、近所の神社で祭りがあった。百年以上の歴史があるそうで、神社の境内には夜店が並び、大勢の人が集まった。私がりんご飴《あめ》を食べたいと言うと、芳郎は眉を八の字にしながらついてきた。祭りに限らず、私が夜に出歩く時は、芳郎も黙ってついてきた。

屋台の光に照らされ真昼のように明るい境内には、スマホを持った人が多くいた。かき氷の写真を撮ったり、友人と一緒に自撮りしたり、よくある風景だ。りんご飴を舐《な》めながら人混みを歩く私と芳郎の近くにも、スマホを構える浴衣姿の青年がいた。カメラは私たちのほうを向いていたが、私は気にしなかった。しかし芳郎は、鞭《むち》のように手をしならせて青年のスマホを叩《たた》き落《お》とした。

「は!?　何すんだよ！」

青年が激怒したのも無理はない。彼は、私たちが通りすぎようとしていた金魚すくいの店の前で赤い金魚が泳ぐ透明な巾着を手に笑っている、可愛《かわい》い彼女を撮影しようとしていただけなのだ。青年につかみかかられた芳郎は、やはり無表情だった。私は二人の間に体をねじ込み、平謝りで詫《わ》びた。暴力沙汰になって芳郎が警察に捕まることだけは避けたかった。青年はまだ気分が悪そうだったが引き下がってくれ、私は芳郎の手を引いて帰った。

アパートに着くと、芳郎は顔が真っ青だった。熱帯夜だというのに震えている。私はあたたかいココアをいれた。時間をかけてそれを飲み終えた芳郎を、布団に寝かせた。私がシャワーを浴びて、そろそろと布団の端にもぐり込むと、かすれぎみの声がした。

「人を、殺したことがある」

そんな告白をされた時の相槌《あいづち》の打ち方を知らなかったから、私は黙っていた。

「十六の時に殺して、少年院に入った。出たあとは名前を変えて働いてた。でも、誰かに写真を撮られてネットに上げられて、そこにいられなくなった」

私は黙っていた。

「金がたまったら、ここじゃない所に行ったほうがいい。俺といると――」

芳郎は声を途切れさせた。私の腕の中で、疲れた鳥のように息を殺していた。

私は芳郎のくせのない髪を指で梳《す》いた。そっと、何度も、自分が信じるやさしさというものを表現する手つきで。

「ひとつだけ訊《き》いていい」

「うん」

「その人を殺したことを後悔している？」

芳郎は静かに答えた。

「してない」

夏が終わり、秋となり、秋も終わりに近づき、冷たい雨が降るようになった。私は何度も芳郎にココアをいれた。芳郎は体調を崩すことが多くなった。食欲も落ちた。痩せていく。それでも、私がいれたココアだけは口にできるようだった。

私が芳郎に拾われてからちょうど一年が経《た》った日も、私は芳郎のためにココアをいれた。あの日と同じように雨の音だけが聞こえていた。

いつもなら息を吹きかけながらココアを飲む芳郎が、なぜかマグカップを両手でつつんだまま動かない。泡立ったココアの表面をじっと見つめているので、私は口をすべらせた。

「毒なんて入ってないよ」

芳郎は、風の中に天敵の匂いを嗅ぎとった野生動物のようにぴくりと顔を上げた。夢も希望もない、真っ暗な瞳で私を見つめた。

芳郎が人殺しであることは知っていた。殺した相手が五十歳の男性であることも、凶器が鉄パイプであることも、それで何度も何度も殴りつけて頭を潰したことも。私は十八歳の時にすべて警察から聞かされた。

芳郎にとって、彼は惨殺して当然の存在だったのだろう。確かに困窮する人に金を貸しては残酷なやり方で数倍の額をむしり取っていた彼は、数えきれない恨みを買っていた。だが私にとっては、やさしい父だった。

どこかの誰かが芳郎の写真をネットに上げてくれたので私は彼を見つけられた。あの日、竹刀袋が行方不明にならなければ、彼を父と同じ目に遭わせてすべては終わるはずだった。一緒に食事をしたり、愛らしいテーブルを作ってもらったり、同じ布団で互いの体温を感じながら眠ったりするつもりなどなかった。

芳郎。どうしてあの時、いつも通りにたったひと言、「うん」と答えなかったのか。

声にならない声を聞き取ったかのように、芳郎は「うん」と穏やかに呟き、ほほえんだ。調査会社を通じて手に入れた昔の写真の中で、少年の芳郎はこんな無邪気な目をして笑っていた。

そして芳郎は、私にほほえみかけたまま、マグカップを口に運ぶ。

オタマジャクシの雨

河村拓哉

嘘《うそ》をついたのは、初めてだった。

そんな言い方は本当じゃないかもしれない。ぼくは今まで、自分でも正しいわけがない、と分かっていることを、何度も口にしてきたから。

けれども、言ってきたことは全部、嘘じゃなくなってしまったんだ。

ある日、ぼくは言った。

「あした、空からオタマジャクシが降ってくるよ！」

僕は嘘をついた。単なる冗談のつもりだった。

そう言ったことなんて忘れて、次の日なんとなく窓の外を眺めていたら、何かが落ちてきて、べちゃっという音がした。

ぼくは急いで外に出て、地面を見た。オタマジャクシが数匹、いた。コンクリートがいびつに濡《ぬ》れている中で、オタマジャクシがいくつか潰れていて、生き残ったやつはぴくぴくと動いていた。

　ぼくは空を見上げた。青空が広がっていて、こんなものが落ちてくるなんて、いいや雨が降ることだって信じられない天気だった。

　太陽のまぶしさにぼくが瞬きをした瞬間、眉間にオタマジャクシが一匹落ちてきた。それは目と目の間でぶよぶよと動き、それから涙のように右の頰を伝って流れていった。

　ぼくは嘘をつかなかった。そのかわり、オタマジャクシのことが本当に苦手になってしまった。今は見るだけで嫌な気持ちになる。


「あなたは決して嘘をついてはいけないのよ」

　オタマジャクシからしばらくしたある日、お母さんはぼくに言った。

「あなたが嘘をつくと、とても困ったことが起こるの」

「なんで？」

「あなたは神様に選ばれた子だからよ」

「ぼくが嘘をつくと、困るの？」

「そうよ。世界が滅んでしまうの」

「でも向かいの家のＫくんは、いっぱい嘘をついてるよ」

　ぼくはＫくんに嘘をつかれてひどい目にあったことを思い出した。

「あの子は選ばれた子じゃないの。それに、Ｋくんが嘘をつくのは、しょうもない子だからよ」

「じゃあKくんには、困ったことが起きないといけないね。悪い子だから」

「……そういうことじゃないのよ」

お母さんは困っていることを知らせるように眉をひそめた。

けれどもぼくは子どもだった。

「Kくんの家に、虹色のミミズが出るよ！」

僕は嘘をついた。単なる空想のつもりだった。


次の日、ぼくの家のドアがドンドン！　と叩《たた》かれたので出てみると、Kくんが立っていた。Kくんは虹色のミミズにまみれていた。ミミズは、紐《ひも》というには短く、綱というには細く、それでもいやに長くて太い。それがぬるぬると動いている。Kくんの服はミミズを擦《なす》り付《つ》けられ、色とりどりに汚れている。髪の毛には何匹もミミズが絡まっていて、全体がてらてらと光っていた。地面に落ちたミミズを見ると、体節ごとに色が塗り分けられていて、けれども同じ節の中で色が分かれている箇所があったり、連続する節で同じ色が続いていたりして、気持ち悪い。

「えーん、この前はひどいこと言って、ごめんな」

そう言ってKくんはぼくにひしと抱きついてきた。冷たい感触があった。

ぼくは嘘をつかなかった。そのかわり、ミミズのことが本当に苦手になってしまった。今は見るだけで嫌な気持ちになる。

「あなたは嘘をついたことなんてないのよ」

虹色のミミズからしばらくしたある日、お母さんはぼくに言った。

そのころぼくはもう、自分自身を恐れていた。何か不用意なことを言ってしまうと、それが実現してしまう、という自覚があった。

「ぼくが嘘をつくと、どうなってしまうの？」

「世界に災いがもたらされるわ。そうして世界は滅んでしまうの」

お母さんは子どもをあやすように言った。本当にぼくという子どもをあやしているから比喩ではないのだけれど、自分の信念を疑いなく次世代に語る、底知れなさがあった。

「ぼくが言ったことは本当になるの？」

「ええ。だから、決して間違った使い道をしてほしくないわ」

ぼくは自分の特別な能力に思いをめぐらせた。

ぼくには言った言葉を実現できる能力がある。

……なるほど、ぼくは、選ばれた、特別な人間なんだ！

「お母さん、ぼく、立派な人になる！」

ぼくはそう言った。お母さんは、急に慌てて、

「そうね、応援しているわ。だから今日はお口を閉じて、どうか休んでちょうだい」

「ぼくは、ぼくだけにしかない力を立派に使う！」

「どうか、どうかやめてちょうだい」

けれどもぼくは止まらない。

「言葉にすれば夢が叶《かな》うんだ。言葉の力ってすごいよ」

万能感に満《み》ち溢《あふ》れていた。

「そうね、だから、自覚を持って言葉を使ってちょうだい」

深く息を吸って、

「ぼくは新種のカブトムシを見つけて、みんなのヒーローになるんだ！」

「……なんてことを！　あなたの嘘は、この世の終わりなのよ！」

「ひどいよ！　ぼくだって、自由に生きたい」

そして、

「お母さんなんて、大っ嫌い！」

ぼくは言った。


ぼくは目を覚ました。どうして寝てしまったのか分からないが、どうにも首の裏や、お腹《なか》の下の方が殴られたように痛む。

日は暮れていて、部屋は暗い。見慣れた床の上に、鍵が落ちているのに気がついた。

大きな金属製の鍵。その錆《さ》びつき具合を見ていたら、あることを思い出した。

昔、お母さんがぼくに「絶対に入ってはいけない」と言った部屋。山積みの本がくずれてきそうで危ないから、という説明から、今まで興味を持っていなかった。よく考えれば秘密の部屋なのに。その部屋の鍵穴に錆び具合が似ていた。

ぼくは導かれるように、鍵を挿し、部屋に入った。何かの腐ったような酸っぱい臭い、腐敗臭、奇妙な甘い臭い。くずれてきそうな本なんてなく、机にはメモ用紙が散らばり、腐りかけの床には水槽がいくつか置いてある。

最初の水槽の壁ではオタマジャクシが干からびていた。底にこびりついているのは仲間だろう。

その隣、絵の具でぐちゃぐちゃのパレットの上には、雨に濡れた靴紐《くつひも》のようなものが張り付いている。

最後、土の入った水槽の周りには、さまざまな薬剤のボトルが並び、いくつかはチューブで土の中に通されている。水槽の中を見ると、カブトムシの幼虫だろうか、白いぶよぶよしたものが少し乾いていて、そこから出てきている嫌な臭いも直接嗅いでしまって、僕は吐いた。

その嘔吐《おうと》の中でぼくは気づいた。

全部、ぼくのためだったんだ。

降ってくるオタマジャクシも、虹色のミミズも、いま生み出されている新種のカブトムシも。

ぼくの言葉を嘘にしないために、全部、お母さんがやってくれていたんだ。

だから、嘘をついたのは、初めてだった。

「お母さんなんて、大っ嫌い！」

そう言ってしまったことを、後で謝ろう。

お母さんの奇妙で不恰好《ぶかっこう》な愛情を受け止めよう。ぼくはそう思った。

*

天井に張り付いている母親は、大量のオタマジャクシとミミズとカブトムシを抱え、今にも息子に飛びかかろうとしている。

村上

阿月まひる

嘘《うそ》をついたのは、初めてだった。村上《むらかみ》にだけは私は、今まで嘘をついたことがなかったんだと、はじめて気づいた。あるいは、親や友達にならつけるような他愛ない嘘も、推し相手にはつけなかったのかもしれない。

やい。村上やい。わかってくれ。

あなたは私の推しなんだ。

どこに出しても恥ずかしくない、推しなんだ。

——村上は、入学初日から目立っている男だった。

村上は信じられないくらい、姿勢がいい。猫背や反り腰の多い現代人のなかで、ひとり巨木のように、体育の教科書のように、芸能人や侍のように、美しい姿勢をしていた。

誰の目にも留まる村上は、そのせいで短気な三年の先輩たちに絡まれ……過剰防衛ぎみの大立ち回りで応えた。

侍にたとえたのもむべなるかな、村上は剣道の有段者だったらしい。姿勢のよさも頷《うなず》けるってなもんだ。

それを見抜けなかった先輩らが悪い、のは間違いないんだけど、結果的に救急車とパトカーが出動する騒ぎになったその事件は、村上が一週間の停学を食らっている間に、広まりに広まった。

まあね、現代に生きる我々からしたらマジの暴力って、忌避感情がすごいわけ。村上が復学する頃には、村上は教師からも腫れ物扱いを受けるようになっていた。

噂《うわさ》を耳にした私も例に漏れず、怖っ、世は令和やぞ、なるべく関わらんとこ、なんて思っていたものだった。

村上が、再び事件を起こすまでは。

「俺は地元から、ひとりでこっちに来ました。親元を離れ環境が変わり、とても心細い毎日を送っています。友達がほしいんです。とても、友達がほしい。よすががほしい。どうすれば皆さんは、俺と友達になってくれますか」

村上は、放送室をジャックし、全校放送でそんな風に赤裸々に、内面を吐露した。

もちろんすぐに取り押さえられたんだけれど、そんな恥の上塗りみたいな演説を間近で、すぐ隣で聞いてしまった放送部員、つまり私は、なんとも感じ入るところがあった。

村上は三年生を複数人、病院送りにするだけの腕力を持っている。なのに、村上は、懇願するしかできなかった。

ただ、友達がほしいのだと、泣くしかできなかった。

私は。

……その村上の姿を見て、私は。

肋骨《ろっこつ》の奥にあるなにかが、急に重たくなった気がした。

そのとき、はじめて、自分の骨の奥の奥に器官があることを私は知ったのだ。

だから、とてもじゃないけど背筋をまっすぐになんてできなかった。

それでも村上は、背筋がまっすぐの同級生は、情けない演説中、嗚咽《おえつ》を漏らしながら、鼻の頭を真っ赤にしながら、背筋をまっすぐに伸ばしたままでいた。

そのせいで私は、つい、今週いっぱいは私がお昼の担当だから、お弁当ここで一緒に食べようよと誘ってしまったのだ。

歴代放送部の財産である、私たちが生まれる前の流行歌をながすMDコンポの後ろで、一週間、私たちはポツリポツリとお互いの話をした。

えやばい。推せる。と私は、あの瞬間から村上に夢中になっていたのだった。

「マルみたいな女の子の友達はじめてやから、あんまり距離感がわからんときもあんねん。俺から変なこと言われたりやられたなと思ったら、いつでも殴ってええからな」

「推しのことは殴れないよ」

「その推しゆうん、ようわかってへんけど、俺はお前のこと友達やと思ってるから、そういうときには殴ってもらいたい。そうやないと困る」

村上は、おもしろい男だった。

尊敬する人は道場の師範をやっているおじいちゃん。推せる。

歯並びは綺麗《きれい》なのに犬歯だけやたら鋭いところ。推せる。

ミニトマトが苦手だけど毎日食べることが独り暮らしをする条件のひとつだったからスーパーで買い続け、こないだついに店員さんからトマトのひとと呼ばれてしまったところ。推せる。

ぜんぜん方言を直そうとしないところ。推せる。

背筋が学校にいる人間でいちばん美しいところ。推せる。

その村上は、私を友達だと思っている。

村上がほしくてたまらないと泣いた友達の座に、私はのうのうと収まっているのだ。

女友達を大事にする村上、推せる……。

まあ、最初から喧嘩腰《けんかごし》の相手にはともかく、初対面の人間に嫌われるようなやつではないのだ、村上は。先入観なしに話してみると、おもしろいやつだと、すぐわかる。

入学早々に三年生に絡まれてなかったら、周りに距離をおかれることもなく、ふつうに友達はできていただろう。

実際、私のような、武力のぶの字もない女の子が、五体満足で村上のそばにいることが、村上がただの凶暴な男の子ではないという証左になったようで、少しずつ……本当に少しずつだけれど、時間をかけて、村上は同級生と、話ができるようになった。

こっちではじめて男友達ができたかもしれん！　と鼻息を荒くして、眉毛をへにゃへにゃさせる村上に、やばい、マジで推せる、と思いながら、へへっ、よかったじゃん……と私は後方古参面を繰り返した。推しが本懐を遂げるところをリアルタイムで見ることができる幸運、これに勝る喜びがあろうか？

「あんな、」

友達がほしい村上と、村上を推してる私。

私たちは二人で一緒にいることで、二人とも、いい方向に向かっていたのだ。

そんな折、村上が私に言った。

帰り道、駅に向かう道中のことだった。使う路線が同じ私たちはよく一緒に下校する。

通学路をとろとろ歩きながら、あんまり説明上手じゃない村上の、一生懸命に説明しようとする語り口に相づちを打つのが、私は好きだった。

「うん」

「こないだ藤原《ふじわら》と、あ、同じクラスの藤原な。あのチャラい感じの、茶髪の」

「ふふ。うん」

「あいつと俺、こないだから隣の席やねん。男同士の会話、めっちゃ久しぶりで嬉《うれ》しかったんけど、あいつほんまにチャラいねんな。女の子と合コンとフェス？　の話しかせんねん」

「ふふふ、うん」

「でも全然俺の世界にない文化のことばっかやから、どれも結構おもしろくて、興味深くて楽しいねん。ほんで、ムラムラはやっぱマルちゃんと付き合ってんの？　って言われて、あ、俺あいつからムラムラって呼ばれてんねんけど。ちょっと嫌やねんけど」

「うんうん」

「付き合ってへん、友達やでってゆうたら、すごい顔されてん。なんで？　って聞かれた。なんでってなにが？　て聞き返したら、ムラムラあんだけマルちゃんのそばにいて、マルちゃんのこと可愛《かわい》いって思わねえの？　って言われて」

「うん」

「いや全然可愛いと思う、めっちゃいいやつやしって答えたら、じゃあなんで付き合わねーの、って不思議そうに聞かれてんな。可愛いと思う、性格も合う、距離の近い女の子、お前好きじゃねえの？　って。付き合いたいって思わねえのかって。ほんで俺、考えてんけど」

ぴた、と村上の足が止まる。

赤信号だった。

村上がこちらを見る。

「俺ら、付き合う？」

「ううん」

「うん？」

「ううん」

………。

みんな、思ってるんだよ。

推しって好きってことでしょ？

好きなひとのこと推しって言ってるだけだよね？

アイドルや、誌面の誰かじゃなくて、同級生なんでしょ？　じゃあ——


付き合っちゃえばいいのに。


……ふざけんなよ。

青信号になった瞬間、私は、村上を置いて走り出す。

ふざけんなよ。——ふざけんなよ。

ふざけんな。

村上。

推しだって言ってんじゃん！

村上、あんたは、推しなんだよ。

私にとって、推しっていうのは、尊敬できるところがある、その存在そのものを世間に喧《けん》伝《でん》したくなる、尊重したくなる、推すごとに出会えてよかったと思える、とびっきりの存在だ。

「親」でも、「友達」でもない。そう、友達じゃない。私は村上を友達だと思っていなかった。「神」でも「アイドル」でもない。ましてや「恋人になりたいひと」、でもない！

付き合いたいとも思わない。付き合いたいと思われたくもない。

推しは推しで、恋愛対象でも、友達でもない。

そういう線引きを、大概の友達（本物）は「ふうん」とつまらなそうに鼻で笑うけど、私にとっては大切なカテゴリ分けだ。なんでもかんでも曖昧にしていいわけじゃない。なあなあにしたくない。違うものは違うのだと、ちゃんと発信したい。

私の発信を、村上は、聞いてくれているものだと思っていた。

なのに……。

どうして。なんで。私の気持ちを、二人の距離感を。ぽっと出のやつにとやかく言われて、掻《か》き回《まわ》されなくちゃいけないんだ。

なにが付き合う？　だ。

要らない。村上に、あんたにそんなの、全然求めていない。恋人になりたくて推したわけじゃない。

たかが恋人じゃない程度のことで、村上との関係を揶揄《やゆ》される謂《い》われなんて、ない！

「マル……」

村上はすぐに追い付いた。横断歩道の白線を軽々と越えて、私の腕を摑《つか》んだ。フィジカルの差、足の長さ、性別の違い。村上の推せるたくさんのところ。

「泣いてるん」

「――付き合ってもいいけど！」

はい、嘘。

こんなの嘘だよ。わかるよね。わかるでしょう？

推しに初めて嘘をついた。気づいて、村上。こんなこと、あんたの友達のマルは、言わないでしょうふつう？

「でもそしたら村上、私っていう『友達』が、ひとり減っちゃうね？」

あれだけ友達がほしくて、放送室ジャックをした村上。

泣きじゃくって、情けなく、嗚咽を漏らした村上。

――こんなときでも、美しい背筋の、村上。

私の推し。

どうか私の推しを守って、村上。

祈るように私は、口を開く村上を睨《にら》み付《つ》けた。

サロメの移り香

吉川トリコ

嘘《うそ》をついたのは、初めてだった。

結婚していない——なんて、そんな嘘をついたのは。

彼女のような美しい人に、自分のようなくたびれた中年が相手にしてもらえるなんて、よもや思っているわけでもなかった。なのに、つい。営業中は、指輪を外すことにしていたから。

「最近は結婚なんてしたい人がすればいいって風潮になってきてますけど、それでも私はしたいですよ結婚」

自嘲気味に笑うと、彼女はコーヒーに口をつけた。赤い艶《つや》やかな唇が白いカップによく映える。

お客さんぐらいきれいだったらいくらでも相手が見つかりそうなのに、と口にしかけ、いまはこういうことを気安く言うのもまずいんだっけ、とすぐに呑《の》み込《こ》んだ。その代わりというわけでもないけれど、「独り者の気楽さも捨てがたいですけどね」なんて、どうとでも取れるようなことを口にした。独身者であるようにも、一人で店を切り盛りしていることを指しているようにも取れる宙ぶらりんな言葉。

「かっこいー」ひやかすように言って、彼女は音のしない口笛を吹いた。「達観してるんですね」

「いや、そういうわけでもな……」

こちらが最後まで言い終える前に、「やっぱりご店主さんの淹《い》れたコーヒー、美味《おい》しい」としみじみ彼女がつぶやいた。「なんでだろう、雨の日はむしょうにコーヒーが飲みたくなるんですよね」

はじめてこの店を訪れたときも、彼女はそう言っていた。

あの日も、こんな雨の午後だった。

十坪にも満たないちいさな珈琲《コーヒー》店は、朝方から降り続けていた雨のせいで開店休業状態だった。足下から這《は》いあがってくるような眠気と戦いながら生豆を選《え》り分《わ》けていたら、彼女が一人で店に入ってきた。鮮やかなエメラルドグリーンのコートを着た、一瞬で目の覚めるような美人だった。

カウンターを挟んで店にふたりきり。こんな華やかな女性と一対一になることなんてめったにないから、ろくに日も合わせられず、ひたすら手元に集中してコーヒーを淹れた。美味しい、とため息まじりに褒められ、舞いあがるような心地がしたものだ。

どういうわけか、彼女が使ったカップには痕が残らなかった。落ちないことをうたっている口紅を使ったところで、ここまで徹底できるものだろうか。それとも塗り方にこつでもあるのだろうか。隙のない化粧に手の込んだヘアスタイルをしているから、その手の業界の人なのかと思っていたら、美容師をしているのだという。

「知人にプリンがおいしいって聞いてたんですけど、このお店、月曜日が定休日だからなかなかこられなくて」

「ああ、美容院も月曜休みのところが多いですもんね」

「よくご存じですね」

「いえ、身内にも美容師をやってるのがいて」

　自家焙煎《ばいせん》のスペシャルティコーヒーをメインに各種ドリンク、フードは自家製のプリンと焼き菓子のみ。潔くメニューを絞ったことが功を奏したのか、口コミで評判が広がり、閑静な住宅街にぽつんと構えたこんな店にも、わざわざ遠方から足を運んでくれるお客さんは後を絶たなかった。昔ながらの焼きプリンにコーヒーをブレンドしたカラメルソースの取り合わせがとりわけ好評で、週末になると早い時間に売り切れてしまうほどだ。

　とはいえ、平日の雨の日ともなると閑古鳥が鳴いている。そういう頃合いを見計らったように、いつも彼女はふらりとやってきて、なにか特別な話をするわけでもないのに鮮やかな印象を残して去っていくのだった。

　あくまで店主と客という一線を保ったままの関係に、次第に焦《じ》れてきている自分がいた。もっと近づきたい。もっと親しくなりたい。勘違いでなければ、彼女もこちらに好意を寄せているはずなのだ。でなかったら、わざわざ雨の日の空き時間にこんな辺鄙《へんぴ》な場所にある珈琲店に足しげく通ったりしないだろう。

「お客さんから劇のチケットをいただいたんですが、よかったらごいっしょしませんか？興味ありそうな人がほかに思いあたらなくて……」

どうせうちのは興味ないだろうからと、勇気を出して彼女を誘ってみることにした。

「『サロメ』って、オスカー・ワイルドの？」

カウンターの上に差し出したチケットに目を落とし、彼女が訊《たず》ねた。

「ええ、『サロメ』を現代風に翻案したものだとかで」

「面白そう！」

上演日の夜は、赤い月が出ていた。

晴れた日に、しかも店の外で彼女と会うのははじめてで、緊張のあまり劇の内容は半分も頭に入ってこなかった。

「いくら現代の設定とはいえ、ユダヤの王がＩＴ社長で預言者がカリスマ占い師って、その雑な置き換えはなんなんだってかんじでしたよね」

昔読んだ戯曲の記憶を頼りに、やっとそれだけ言った。もっと気の利いたことを言えればよかったのに、そんな感想しか出てこない自分に失望した。「たしかに」とお愛想で彼女は笑ってくれたけれど。

劇場を出ると、目的地も決めないまま、ふたりで月明かりの下を歩いた。

「私、なんとなくサロメの気持ちがわかる気がするんですよね」

養父や男たちに性的な目で眼差《まなざ》され、欲望を向けられるサロメ。彼女ほどの美人だったら、たしかにそういうこともあるのかもしれない。そんなふうに考えていたら、あのくちびるに、キスしたい、とうたうような調子で彼女がつぶやいた。私、キスする！　ヨカナーン、おまえのくちびるに！

いつもは雨に消されてしまうのか、それともコーヒーのにおいにまぎれてしまうのか、彼女の体から甘く濃い花の香りがたちのぼる。どこかで嗅いだことのあるなつかしいにおいだった。でも、どこで嗅いだのかが思い出せない。

「いいにおい」

思わず手を伸ばして、彼女の髪に触れた。なにをやっているんだ、とはっとしてすぐに手を離そうとしたら、彼女のほうから指をからませてきた。

「家でいつもお香を焚いてるから、服に移っちゃって」

香水代わり、とかすれた声で言って、彼女のほうから赤い唇を寄せてきたので、吸い込まれるように唇を重ねた。あやしい月の光に惑わされたのか、甘い花の香りに誘われたのか、頭がくらくらしてなにがなんだかわからなかった。貪るような濃厚なキス。そんなキスをしたのは生まれてはじめてだった。


「おばさん、プリンください」

テーブル席に座った子どもの声に、はっと意識を引き戻された。

「おばさんじゃなくておねえさんでしょ」

母親らしき若い女性が、そう言って子どものおでこを突っつく。

「いえいえ、おばさんですから」

とわざわざ言う必要もないことを言って、冷蔵庫からプリンを取り出し、器に盛る。母親にはルワンダの豆を挽《ひ》き、子どもにはミルクを温める。集中しないと、すぐに意識があの夜に引き戻されてしまう。

そんなつもりじゃなかったのだ。親しくなりたいとは思っていたけれど、私のほうはあくまで友人としてお近づきになりたいだけだった。独り身だと偽って連帯を寄せることで、彼女の気を引こうだなんて手を使ってまで。

いったい彼女のほうはどういうつもりだったんだろう。平凡なおばさんをからかったんだろうか。考えれば考えるほど混乱してしまう。なんにせよ、あのキスを思い出すだけで腰から下が蕩《とろ》けそうになることだけはたしかだった。色が移ったわけでもないのに、ひりひりといまも燃えるように唇が熱い。

あの日はキスだけで別れたけれど、次に会ったら、どうなるかわからなかった。雨が降るのをすでに心待ちにしている自分がいる。夫に対する罪悪感など、もはやかけらもなかった。どうせおたがいさまだし、という気持ちが免罪符になっているのかもしれない。

夫にほかに女がいることには気づいていた。美容師をしている夫は、私と同様、営業中は指輪をしないから、いくらでも独り身を装うことができる。夫とはもう何年も形だけの夫婦で、とうの昔から私の心は独身だった。いまとなっては、わざわざ夫の休日に合わせて店の定休日を月曜日にしたのも虚《むな》しいばかりだ。

その翌週の月曜日、昼過ぎに出かけた夫が、日付が変わる頃に帰ってきた。

「ごはんは？」

「いい、食べてきた」

ジャケットをソファに放り出し、そのまま風呂場に直行したので、すぐに女と会っていたのだとわかった。

あ、と思い、ある確信を持って夫のジャケットに手を伸ばすと、甘く疼《うず》くような香りが鼻先をかすめた。私は声をあげて笑った。女のところから帰ってくると、夫の衣服からいつも香っていた、なつかしいあのにおい。

おまえのくちびるにキスしたよ！　ヨカナーン、おまえのくちびるにキスしたのだよ！むせかえるような花の香りにめまいがした。

嘘《うそ》コントパンケーキワイヤドテレフォンスーサイドゴーホーム

矢部 嵩

嘘をついたのは、初めてだった。

「私のお母さん、ポメラニアンのクローンなの」

私がいうと近道君がこちらを見て、カップを手に取りコーヒーに口を付けた。手にしたカップをゆっくり下ろし、一息ついてから掌《てのひら》を見た。「そうなんだ」

「驚かせちゃったかしら」

「どうかな」窓の外を彼が見た。「ポメラニアンて？」

「ラニアンは犬よ。近所にいた鳥。私達《わたしたち》は仲良しだったの。一緒にお買い物したり公道で芋虫を追いかけ回したりしたわ。二歳の時家の車に轢《ひ》かれて彼は挽肉《ひきにく》と毛のマットになってしまったのだけれど、悲しみではげる私のために彼のコピーを父が作ってくれたの」

「どうやって？」

「コピー機で」

「そうなんだ」

「そうなの」私は少し嬉《うれ》しくなった。「正確には母はポメラニアンとドアノブのクローンなの。臍《へそ》がトイレのドアのかぎそっくりだから」

「であればキメラと呼ぶべきかもしれないね」

「近道君の両親はどんな人？」前傾姿勢で私は訊いた。「何かのキメラ？」

「恐らくだけど違うんじゃないか」近道君が私を見た。「どうして急に両親のことを？」

「ううん」私は微笑《ほほえ》んでみせた。「でも、こういう話をしてもいい頃かなと思ったの」

　窓の向こうは混雑していて、何となく空が汚い気がした。地面が見えないので席を立ち窓の下を私は見つめた。案の定地面が黒くなっていたので雨が降っていると判《わか》った。

「雨が降ってる」

「ここからでも判るよ」「洗濯物干しっぱなし」「テレビでも朝いってた気がする」

「本当に？」思わず私は呆《あき》れてしまった。「どうして教えてくれなかったの？」

「僕？」

「見てたならいってくれればいいのに」

「そう？」近道君は意外そうだった。「ごめん」

「本当に思ってる？」

「どうかな」

　雨で私達は時間を潰すようにした。私達は観《み》た映画の話をした。近道君の感想はどことなく遠回りで、本当に楽しかったのかどうか私には判らなかった。彼が黙ったので私も話すことを止《や》め、ボタンを押して作法を訊《き》くと自由でいいというので席を立ち麦茶をおかわりした。お盆を持ったお店の人がパンケーキをテーブルに置いていった。「私千代子」お店の人に話しかけるとお店の人は笑ってくれた。

「おいしいこれ」パンケーキに感動して私はボタンを押した。「もっとありますか？」

「ご注文はタブレットからどうぞ」

「どうやるんです？」いわれた通り私はパンケーキを沢山注文した。「三十個食べる」

「お時間多めにいただけますか？」私が頷《うなず》くとお店の人が近道君を見た。「オーダー通してしまって本当に構いませんか」

「僕に訊かないで下さい。頼んだのは彼女だ」

「パンケーキおいしいですよ」目が合ったので教えてあげると隣席のおじいさんはお礼をいってくれた。「待たせたらごめんなさい。私が沢山頼んでしまってるので！」

「戻って遠浅さん。周りに迷惑だよ」

「バイバイ……」

「行き過ぎだよ」

「素敵な車」「ソファだよそれは」「これソファ？　うちに置けないかしら？」私は肘でサイズを測った。「玄関に入ると思う？」「判らないよ」「近道君でも判らないことあるの？」「君んちに行ったことがないからね」

「おじいさんはどう思います？　うちの玄関」「遠浅さん。パンケーキが来たよ」「食べていいの？」「食べなきゃ駄目だよちゃんと」

いくら食べてもなくならないほど大量のパンケーキが運ばれてきた。雪が降るように、切られた髪のように、表面に物が積み重なって、危険な物を押さえつけてくれていた。

「この後どうする？　どこか行きたい？」

「どうかな」「ないの？」「あと二時間は動けない気がするし」

「雨そんな強いかな」

「窓の外よりテーブルの上を見なよ」

「あらゆる障害がなかったとしたら？」

「それなら出かける理由もないさ」

「私があなたの恋人だったら？」

「行きたい所は一人で行くかな」

「私がここにいなかったなら？」フォークを使ってバターを切った。「一人でだったらどこへ行きたい？」

「人間がいない所かな」

「人間は嫌？」

「人間は嫌だよ」

十皿くらい食べた辺りから何となく調子が悪い気がして、お腹も熱いのでトイレと席を私は往復した。パンケーキと皿は戻る度増えていった。料理を頼まなかった近道君はメニュー表を読んでいた。「食べなよちゃんと」

「うん」顔を上げず私は返事した。「近道君暇じゃない？」

「気にしないで」

　重なるパンケーキを切りながら図書館で借りた本のことを私は考えていた。本のこと、昔した会話のこと、YouTubeで見た宇宙の仮説のこと、イヤホンの穴とそこから出る奥行きある音のことを考えながらパンケーキを食べた。

「ボールを持たなきゃパスは出来ない。嘘をつくには事実を持たないといけない」

「何の話？」フォークがシロップでべとべとになっていた。

「そう思ってさ」近道君が席を立ってコーヒーとおしぼりを持ってきた。近道君はおしぼりを私にくれた。「コートに入らなきゃ試合には出来ない」

「何か気持ち悪くなってきた」許可を得てトイレに向かうとパンケーキが次々口から飛び出てきた。結んだ紐《ひも》を引っ張ったようにどろどろのパンケーキが便器へ吸い込まれていった。パンケーキが出なくなると席へ戻り私はシロップを開けた。「気圧のせいか頭が痛いわ」

「君は嘘をつかないんだね」

「どういう意味？」

「馬鹿には嘘もつけないって話」

「どういう意味？」

「事実を口に出来ないことと嘘をつくのは違うことだ。嘘をつかずに生きられるのは強い人間か何かの暗愚だけだ」「私そんなに強くはないわ」

「何だか反省してしまったな」近道君がソファに凭《もた》れた。「僕本当は君を騙《だま》そうと思ってたんだ」

「どういうこと？」「詐欺師なんだ僕」「詐欺師って？」「嘘ついて人に物を売る仕事さ。お金を稼ぐ方法を教えたり。話を聞いて欲しいもの訊いて、君にも何か売る気でいたんだ」

「嘘が得意なの？」「才能はなかった」「それじゃ苦労ね。本当のことを商売にすれば？」「出来ることならそうしたかったが。商売には相手が要るからね。僕の話を聞いてくれるかい？」近道君がいった。「それまで僕は自分の仕事を迷路からの脱出を目指すようなことだと思ってたんだ。でも迷路は袋小路《ふくろこうじ》の方が人が多くて、構造上抜け出しにくい場所が一番繁盛して盛り上がってるんだ。迷路ってそういうものだからね。ゴールには何があると思う？　迷路の外には何もないんだ。迷路の外は誰もいなくて、とてもよく片付けられていた。人間が暮らせる場所じゃなかった。人に会おうと思ったら迷路の中へ戻るしかなかったんだ。迷路を引き返して人間に会ってからは詐欺さ。ゴールを教えるふりをしながら嘘を教え、そういう嘘を仕事にしたんだ」

「よく判らないわ……動物で例えて」

「こういうのも何だが人一倍君は気を付けた方がいいと思うよ。知らない人の話を聞いたり言葉を信じたりしない方がいい」近道君が外を見た。「止《や》んだみたいだ」

「銃声？」「雨が」

「今日は楽しかった」私は彼が帰るのだと思った。「人と話をするの好きなの。聞いてもらうと嬉しくなるの。皆私が話し出すと何故かどこかへ行ってしまうんだけれど」

「気持ちは判るよ」

「ありがとう」顔が熱くなった。「私達会うの初めてだけど、結構話が合う気がしない？また会えるかな。近道君さえよければだけれど」

近道君は黙ってしまった。私はパンケーキにメープルシロップを掛けた。一皿食べ終わった頃に思いついて口を開いた。「さっきの話だけど。電話を引いたらいいんじゃない」

「電話？」

「周りに誰もいなくても話せるよ。迷路の中に電話を引いたら」「迷路」「そう」「迷路に電波通る？」「有線電話を引く仕事したら。コードを辿ってみんなゴールできちゃうね」

「きっとそれはとても大変なことだよ」近道君が少しだけ黙った。「ごめんね遠浅さん」

「何が？」

「つまりね。つまり本当は君の話を信じていなかったんだ」「本当？」「適当に合わせてたんだ。もう二度と会うことないだろうと思って」「ハーホーン」「嘘つきは僕さ。僕が一人で悪いんだ」「そうなんだ。それで？」「意味のあることいいたくないいな。誰かに言葉を当てたくないいな。相手を操作するために何か口にするのは本当に嫌なことだな。そうじゃない言葉をどう話せばいいか知りたかったのに」

「でも判るかも」顔を上げて私は驚いた。「泣いてるの近道君。パンケーキ食べたかったの？」

「見てるだけで気持ち悪いくらいさ」

「気分悪いの？　泣かないで近道君」私は自分のリュックを開けて持ってきていた母をテーブルの上に置いた。「見てこれ私のお母さん。可愛《かわい》いでしょ。いった通りでしょう？」

「本当だ。本当だね」私のお母さんを見て近道君は驚いたようだった。

「本当のことはないこともないよ」お母さんの背筋を撫でつつ私は彼にお母さんを紹介したかったことを告げた。「いつだって私は正直でありたいし、近所でも評判でいたい」

「ありがとう」

「いつか近道君の家族にも会ってみたいな」

「いいよ。勿論《もちろん》」彼は頷いた。「今度は家に招待するよ」


三ヵ月後私は近道君の家を訪れ、緊張しながら近道君のご両親に挨拶した。

「法事はまとめてしてしまったの」近道君のお母さんがそういって部屋の明かりをつけた。案内された仏壇の前で私は彼にお線香を上げた。近道君の笑顔を私は初めて見た。「息子とはどこで？」「アプリです」

「そうですか」お母さんがいった。「あの子は最後にどんな話を？」

「映画の話とか。お仕事の話とかです」

「そう」お母さんは泣き出してしまった。「あの子は苦しんでました。勤めていた小学校でいじめられてたんです」「兎に？」「児童にです」

めそめそしているお母さんを見る内私はお母さんを元気にしてあげたくなった。私はお母さんの首根っこを摑《つか》みトイレの中に引っ張り込んだ。「お母さん聞いて。近道君生きてます。あなたが見たのは偽の死体よ。豚の骨と殺処分された犬を使って近道君を複製して橋の上から線路に落としたの。近道君は遠くへ行ったわ。静かな場所で心身を癒やし、体を鍛えて帰ってくるわ。育った元児童を血祭りに上げるために」話す内お父さんに見つかり私は家を追い出されてしまった。

　初めて嘘をついてしまった、誰かを言葉で騙してしまったと震える体で私は思った。昨日より自分が悪い生き物になったことに心臓辺りがきゅっと痛んだ。もう二度と彼には会えないのだなと思うと何となく切ないような気がして、誰かと話をしたくなったけれど、いわれたことを思い出しその日は一人で帰った。

死神の微笑

夏川草介

嘘《うそ》をついたのは、初めてだった。

桂《かつら》正《しょう》太郎《たろう》は研修医とはいえ、医師である。嘘とは言わないまでも、ときには患者のため、治療のために、説明の言葉を濁《にご》したこともある。けれども、自分の都合で、患者に嘘をついたのは、この夜が初めてだった。

「梶山《かじやま》さんは大学病院に転院の必要があります」

桂は先ほどの言葉を繰り返した。

煌々《こうこう》と照明の降り注ぐ救急外来の処置室である。

ストレッチャーの上では、体格のいい男性が冷ややかな目を桂に向けていた。口元は血まみれで、目は黄疸《おうだん》と貧血で濁っている。点滴の入った腕には堂々たる彫り物が見え、一見して堅気の人間ではない。

梶山虎《とら》雄《お》は、つい三十分ほど前、大量吐血で救急搬送されてきたばかりの患者だ。居酒屋で酒を飲んでいる最中に突然血を吐《は》き、近くの客が驚いて救急車を要請したのである。

「梶山さんの診断は消化管出血です。当院のような小さな病院では治療が難しい。大学病院に転院しなければいけません」

「大学病院？」

「ここから救急搬送で一時間です。そこでしっかり治療を……」

「治療なんていらねえ」

鈍《にぶ》い声が遮《さえぎ》った。

「ちょっとばかり血を吐いただけじゃねえか。大騒ぎしやがって」

のそりと上半身を起こそうとする梶山を、慌てて桂は両手で押し戻す。

「かなりの出血量です。治療が必要だと……」

「いらねえって言ってんだよ」

梶山の太い声が響き渡った。

そばにいた看護師が怯《おび》えたように身じろぎした。

梶山は以前から、肝硬変で消化器内科に通院している患者だ。しかし問題は肝硬変ではない。覚醒剤《かくせいざい》の使用歴とそれに伴う服役歴があり、過去には、治療を拒否して外来で大暴《おおあば》れした記録もある。主治医の三島《みしま》にさえしばしば暴言を吐く人物で、他《ほか》の医師が相手となるとことごとく反発し、勝手に帰宅したあげくに症状を悪化させて戻って来たことも稀《まれ》ではない。

端的に言って、地域でも指折りの問題患者なのである。

日中であれば、三島が対応してくれるのだが、残念ながら今は夜の九時。院内にいるのは、研修医の桂と、指導医の谷崎《たにざき》のふたりだけであった。

そっと背後を振り返れば、谷崎が腕を組んだまま壁際に立って現場を眺《なが》めている。口元には微笑を浮かべているが、目は笑っていない。

〈転院だね〉

一時間ほど前の、谷崎の一言が、桂の耳に残っていた。

救急隊から連絡を受けた時の第一声がそれであった。

〈梶山さんといえば、例の問題患者でしょう。ここで色々がんばる必要はありません。適当に血液検査でもして、大学病院に転院にしましょう〉

時候の挨拶《あいさつ》でもするようなのどかな口調であった。

むろん桂は穏《おだ》やかでない。

消化管出血なら十分に院内で治療可能で、転院の必要はないのである。相手は確かに厄介な患者だが、それでも医師として手を尽くすのが筋ではないか。そう反論すれば、谷崎は面倒そうに首を振りながら、

〈相手は、筋金入りのろくでなしですよ〉

桂がひやりとするような言葉を、平然と口にする。

〈誠意が通じる患者じゃありません。さっさと人手の多い大病院に送り込みましょう。転院中に急変するようなら、その時は、運がなかったということじゃないですか〉

指導医の乾いた笑みに、桂は絶句するだけであった。

谷崎は熟練の循環器内科医だが、もともと評判はあまり良くない人物だ。指示に従わない

患者は、早々に治療を引き上げてしまうし、寝たきりの高齢者はあっさり看取《みと》りに持っていく。おかげで院内では『死神』などという不吉なあだ名まで囁《ささや》かれている。

　そんな谷崎の下で桂が研修を始めたのは、ほんの数日前であったが、研修が始まって早々に、その過激な流儀を突きつけられたというわけだ。

「治療なんていらねえんだよ」

　再び梶山の投げやりな声が聞こえた。

　黄色く濁った目が桂を見据えていた。

「転院なんて冗談じゃねえ」

「しかし出血を止めないと命にかかわります。治療のために、もっと大きな病院に移る必要があります」

　前半は事実であるが、後半は嘘である。

　胸の内にわだかまるものはあるが、背中には冷え冷えとした指導医の視線を感じるから余計なことは口にできない。

「転院の救急車はこちらで手配します。梶山さんは待っていればいいだけです」

「うるせえなぁ、行かねえって言ってるだろ」

「しかし……」

　内容が虚《うつ》ろであるから、言葉も上滑《うわすべ》りする。そんな態度が余計に梶山を苛立《いらだ》たせるのかもしれないが、桂にはほかに手がない。

「時間がありません。こんな話をしている間にも、いきなり血圧が下がるかもしれません」

「なんだよ。そんなに早く俺を追い出したいのか、若僧先生」

思わぬ返答に、桂は言葉に詰まる。

それを見て、梶山がふいにうすら笑いを浮かべた。

「なあ先生、患者の希望を聞くのが医者の仕事だよなぁ。患者の意志を無視していいわけないよなぁ」

微妙にろれつが回っていないのは、アルコールの影響だろう。おまけに、口元にこびりついた赤黒い血液をべろりと舐《な》める様子は、ほとんど凄絶《せいぜつ》の感がある。

「決めたぜ、先生」

梶山が浮薄な声を吐き出した。

「俺は転院しねえ。これは患者の決定だ」

呆気《あっけ》にとられている桂に向けて、小馬鹿《こばか》にしたような笑みを浮かべながら、

「そんなに急いで治療が必要なら、ここで治療してくれや。胃カメラがいるって言ってたな。ここでなら受けてやるよ」

勝ち誇ったような口調であった。

いつのまにか桂の横に、壁際にいたはずの谷崎が立っていた。

突然現れた年配の医師に、梶山は驚く様子もなく笑っている。

「なんだ、えらい先生のお出ましか？」

「転院拒否なら、ここで内視鏡をやらざるを得ません」

抑揚《よくよう》のない声とともに谷崎が差し出したのは、内視鏡の同意書である。

「よろしいか」と問えば、梶山は「おう」と勢いのままにうなずいて片手で受け取った。

谷崎はそのまま処置室を出て行く。桂が慌ててあとを追って廊下に出れば、谷崎はPHSを片手に誰かと話を始めたばかりであった。

「夜にすいませんね……そうです、やはり内視鏡になります」

会話の内容から、相手が内視鏡室の看護師だということがわかる。

「そうです。三島先生は？　……もう来てますか、さすがです」

え？　と桂は目を見張る。

「では予定通り、十分後には内視鏡室に送り出しますよ」

そんな簡潔な遣《や》り取《と》りで会話は終わっていた。

桂は理解が追いつかない。

「あの、先生……予定通り？　十分後？」

「そうですよ。本人の承諾も得ましたからね」

「でも、なんでもう準備ができているんですか？　先生は転院と……」

谷崎が大仰に肩をすくめた。

「言ったでしょう。梶山さんは一筋縄ではいかない患者です。真っ当に治療の説明をしても、どうせ従いやしません。それどころかこのまま帰ると言い出しかねない。しかし転院が必要だと言えば、『ここで治療しろ』って答えるような男です」

呆然《ぼうぜん》としている桂に、谷崎は面白がるような笑みを向けた。

「うまくいったでしょう？」

「じゃあ、初めからそのつもりで？」

「そうですよ。なんでも反発するんです。実にわかりやすい患者だ」

桂の全身から力が抜けていく。

「おや、もしかして気づいていなかったんですか。わかっているのかと思っていましたが」

ぬけぬけとそんな言葉さえ戻って来た。

「だって先生は、ろくでなしの患者だとか言って……」

「いけませんねぇ。医師たるものが、そんな下品な言葉を口にするもんじゃありません」

谷崎の態度は、研修医をからかって楽しんでいる風にさえ見える。

桂にも、谷崎の素顔がようやく少し見えてきた。

「しかし大変なのは、このあとですよ。内視鏡だけで治療が終わるわけじゃない」

「それでも」と桂はほとんど反射的に応じていた。

「無責任に病院から追い出すよりは、やりがいがある仕事です」

なかば意地のようなその返答に、谷崎が軽く眉《まゆ》を上げてから微笑した。

先ほどより柔らかな笑みであった。

ゆっくりとうなずいてから、

「では、始めましょうか。やりがいがある仕事を」

静かに告げて、谷崎は歩き出した。

大内くんの食卓

波木 銅

嘘《うそ》をついたのは、初めてだった。

その結果がこれだ。

オーク材の四人がけテーブルに料理が並べられている。これ見よがしなティファニーの食器が目立つ。

テーブルと同じ色と材質の椅子《いす》に座っている私の足首にはダクトテープが何重にもぐるぐる巻きにされていて、椅子のほうの脚と固定されている。イケアの安い椅子じゃなくても、座りごこちは最悪だ。

「遠慮せず。どうぞ召し上がってください」

向いの、中年の男性がにこやかに微笑《ほほえ》みながら言う。その隣の同年代の女性はにこやかに微笑むばかりで何も言わない。テーブルの中央に置かれたキャンドルグラスの小さな炎がゆらゆらと揺れている。

「先生。冷めないうちに」

私は精一杯微笑みながら、手元に置かれた箸《はし》を手に取った。湯気をたてる肉じゃがが、温泉卵の載ったシーザーサラダ、煮魚は……ホッケだろうか。

「……どうしたの」

ただならぬ視線を感じ、思わず尋《たず》ねる。隣に座る彼が私の手元をじっと見ている。

「いえ。お気になさらず」

彼は明らかに、私の箸の持ち方をジャッジしようとしているのだとわかった。

私は専門学校で若者に作曲を教えることでそれなりの収入を得て、それなりの交友関係の中で生きていた。それ以上のことはなにも望んでいなかった。

だから、自分がこんな日に遭う筋合いなんてないはずだったのに。

「先生」

キャンパスの喫煙所でタバコを吸い終えて、外に出ようとした。そこを待ち構えていたように、彼が物陰《ものかげ》からすっと現れる。私はいつものように、にこやかに挨拶《あいさつ》を交《か》わす。

「今日はバゲットサンド、作ってきました。どうぞ！」

私が受け持つクラスでもっとも意欲的なのは、この大内《おおうち》という生徒だった。そこはかとなく冷めた雰囲気のクラスの中、彼だけはもう後がない受験生みたいに講義に食らいつく。休憩時間にも、私を見つけては話しかけ、講義内容についての質問をぶつけてくる。

悪い気はしなかった。教師を志していたころに思い描いていたのは、こういうことだった。

ただ……。

大内くんはラップに包まれたサンドイッチをふたつ、私に手渡してくる。

「いつもごめんね。ありがとう」

ラップごしの、パンに挟まれた鮮やかなルッコラの緑色が私の顔に反射する。表情は引《ひ》き攣《つ》ってはいないだろうか。

「いいえ。僕が好きでやってることですから。お気になさらず！」

それだけ言い、大内くんは去っていく。

先週から、大内くんは自作の料理を私に手渡してくるようになった。

私は校内で、というより自宅以外の場所で食事を摂《と》ることはない。そのことに気がついた大内くんに、あるとき尋ねられた。

「先生、食事なさらないんですか」

彼は休みの時間までも、ひとりで私のもとにやってくる。

「……お金なくてね」

そんなことはないが、とっさに出た言い訳がそれだった。趣味もないし、あまり出かけたり買い物したりもしない。仮に一年のあいだまったく働かなくとも生活できるくらいの蓄《たくわ》えはある。自分が顔色を変えずに嘘をついたこと、それも自分の受け持つ生徒に行ったことに、自分でも驚いた。それだけ譲れないということだ。

「そうですか」

さすがにデリケートな面を持ち出せば、それ以上は追及してはこないだろう、と高をくくった。

「じゃあ。僕、毎日お弁当作って持ってきてるんです。先生の分も用意しますよ」

「えっ、いいよ、そんな……」

私は固く断ろうとする。教員が生徒から無償でなにかを受け取るのは良くないし、君に負担をかけるようなことはできない。そう説明したが、彼は聞く耳を持たなかった。

「ぜんぜん問題ないんで」

こうしてなし崩し的に、大内くんから昼食を受け取り、食べたという体で感謝を述べ……というルーティンができあがっていった。

これまで大内くんがくれた料理は、いちおう自宅までは持って帰っていた。でも、今回はそれすらままならない。鞄《かばん》に入れて持ち歩くことすら我慢ならなかった。

こんなことするべきじゃないとはわかっている。

喫煙所にはゴミ箱がある。大内くんは吸わないだろうから、敷地《しきち》には入ってこないはずだ。私は意を決して、ゴミ箱の中にサンドイッチをふたつ埋め込んだ。

大内くんには悪いが、私にはどうしても、他人が作った食事を口にすることが耐えられない。とくにこういう素手で作って加熱もしないようなものはなおさらだ。別に彼は不潔ではない。誰であれ……自分の両親や恋人であろうとも、それだけは許容できないということだ。

ささやかなばつの悪さと罪悪感を感じながら、今日中の業務を終える。

夜道を帰路についていたところ、突然背後から肩を叩《たた》かれた。私は反射的に振り返りそうになりながら、即座に距離を取る。

大内くんだった。彼は手になにかを握っていた。スマホかと思ったが、一般的なそれよりもひとまわり大きい。つかの間、激しい痛みを感じる。


気がつくと私は知らない家の、知らない食卓に座っていた。唯一知っていたのは、四人がけのテーブルで自分の隣に座っている大内くんだけだった。

パニックに陥《おちい》った私を宥《なだ》めるように、にこやかな笑みを浮かべながら彼は言う。

「僕は先生のことを尊敬してるんです。だから、食べ物に、食事という行為に、感謝してほしくて……僕らと一緒に食事をすれば、きっとわかると思います」

スタンガンかなにかで私の気を失わせて、ここまで運んできた。人通りのない郊外とはいえ、そんなことは現実的じゃない。でも、それ以外考えられなかった。

どうしてこんなことを？　思わず尋ねるが、答えは明白だろう。せっかく作った料理を、私が食べたフリをして捨てたからだ。どうしてはじめから正直に説明して断らなかったのか。後悔先に立たず。

「ただ、僕は先生に食事を楽しんでもらいたくて」

答えになっていない。いくらなんでも、こんな行為は許されない。

「大内くん。悪いけど私は警察に行くし、このことは学校にも伝える」

「私は警察官です」

向いに座る中年の男……大内くんの父親だろうか？　が得意げに口を挟んでくる。

「じゃあ謝れよ！　食べ物を粗末《そまつ》にして！」

大内くんはいきなり激昂《げきこう》し、テーブルを叩いた。キャンドルの火が激しく揺れる。

暴力の気配を感じた私は意を決する。箸を二本まとめて握りこむ形にし、力を込めた。

そのまま隣に座る大内くんの顔面にめがけ、突き刺す。そこまでするつもりはなかったが、箸の先端が彼の眼球に命中した。かすかな手応《てごた》えを感じてから、手を離す。大内くんは身をよじって痛みに悶《もだ》えた。刺さった箸を引き抜こうとうずくまる。

すかさず私は腰をあげた。脚を拘束されてはいるが、椅子そのものが床に固定されていたりはしない。そのまま立ち上がることができる。

それを見た大内くんの両親と思わしきふたりのうち、母親のほうが立ち上がろうとした。彼女は足を滑《すべ》らせたのか、椅子をひっくり返して転倒した。なぜか彼女もまた、脚を椅子にテープで固定されていた。細かいことを考えられなかった私は、それをよけて部屋を抜け出した。思い返せば、彼女は涙目で、なにか言おうと口をパクパクさせていた。

この一軒家はなんということか、私の住むアパートの徒歩圏内だった。椅子とつながったまま、ひどく痛む足首に顔をしかめながら、どうにか帰宅する。テープを切って警察に通報しようとして、ふと思いとどまる。

翌日、私は普段通り出勤し、講義を開始する。

教室の最前列に座る大内くんは依然として、こちらの発言に熱心に耳を傾けている。左目に当てた眼帯のせいで、スクリーンに投影された文字を読みにくそうにしながら。

透明人間

潮谷　験

嘘《うそ》をついたのは、初めてだった。

その一文が、友人の最後の言葉だったという。私の友人、三羽根《みはね》は三十代の若さで隠遁《いんとん》生活を送る変わり者だった。大学時代に立ち上げた仮想通貨を扱うベンチャー企業で巨万の富を得た直後にあっさりと引退を表明し、以降は故郷の山を買い取って山小屋に引きこもっていた。

その三羽根が殺害されたという。私を訪ねてきた刑事は、三羽根の遺品だという日記のコピーを携えていた。

三月一日　曇天《どんてん》。来客一名。午前中、山麓《さんろく》に住む立花《たちばな》氏が庭木の剪定《せんてい》用にチェーンソーを借りに来る。しばし歓談。(記録時刻：二十二時五分)

三月二日　降雨量小。午後、日用品の配達あり。担当が顔見知りの萩原《はぎわら》君とは別人だったため話を聞くと、旅行のため休暇をとっているとのこと。代理の讃岐《さぬき》君は中旬まで来てくれ

るらしい。（記録時刻：二十二時三十分）

三月三日　降雨量大。屋根に防水塗料を塗り直す。（記録時刻：二十二時五分）

三月四日　快晴。特筆事項なし。（記録時刻：二十二時）

三月五日　快晴。来客一名。旧友より借金の申し込み。金銭が絡む交友関係は望ましくないため、そんな余裕はないと告げて帰らせる。後ろ暗さを覚える。友人に、嘘をついたのは、初めてだった。（記録時刻：二十二時三分）

「鑑定の結果、筆跡は本人のものであると確認がとれました」三月一日〜五日分が記されているページを示しながら刑事が言う。「被害者は、山小屋の入り口付近に仰向けの状態で倒れていました。司法解剖の結果、死因は脳挫傷《ざしょう》と診断されています。眉間《みけん》から出血しており、側に被害者の血液が付着した薪が落ちていたことから、犯人は、山小屋の外に積まれていた薪を凶器に使用したものと思われます。小屋内部は物色された形跡があり、現金と預金通帳が持ち去られている様子です。この日記は、被害者の机の上に、開いたままで放置されていました」

遺体が発見されたのは三月六日、第一発見者は日記にも名前が出ている配達員だったと刑事は補足する。「死亡時刻は五日の二十二時から二十四時頃と推定されています。おそらく三羽根さんは、日記を書き終えた直後に襲われたのでしょう」

本日は三月十二日。私は二月末から昨日まで海外出張に出かけていたため、訃報《ふほう》自体は知っていたものの、告別式に参列することができなかった。

「三羽根さんは天涯孤独の身でした。そこでご友人の中から、信頼のおける方にご意見を仰ぎたいと思いまして」

私のところへやってきたのはそういうことか、と納得する。交友関係について証言を求める場合、完璧《かんぺき》なアリバイを持つ私なら、我が身かわいさの偽情報をつかまされる可能性も低いというわけだ。

「我々としては、日記の最後の記述に着目しています。借金を頼み込まれ、謝絶した当日に殺害されているのですから、無関係とは考えにくいでしょう」

「袖《そで》にされ、強盗を思い立ったという筋書きですか」

「そんなところでしょうね。日記を読む限り、犯人は一度、山小屋を辞去している。山中とはいえ、万が一にも目撃者が現れそうにない時間帯まで機会を探っていたのかもしれません。チャイムを鳴らしたか、被害者がなにかの用事で外へ出た瞬間を見計らい、薪を振り下ろした」

私は三羽根と共通の友人も多い。見知った誰かが平然と友を手にかける光景を想像して気分が悪くなった。

「それで刑事さん、私はなにをお話しすればよいのです？」

「三羽根さんが殺害された前日、山麓のペンションに二名の宿泊記録が残っています。お名前は、橘《たちばな》次晴《つぐはる》さんと、別所《べっしょ》明《あきら》さん」

　状況が少しずつわかってきた。

「……知っています。どちらも、三羽根の友人でした」

　二人とも私と三羽根が大学時代に所属していたサークルの後輩だった。

「捜査の結果、橘さんは海外の賭博《とばく》施設で大負けを、別所さんは投資信託で大損をして多額の借金を背負っていたことがわかりました。二人して山小屋を訪ね、借財を申し込むつもりでいたようです」

「五日の記述を読む限り、訪問者は一人のようですが」

「日記にもある三日の大雨の影響で、登山道の状態が相当に悪化していたようでして」

　捜査情報を記録してあるのか、刑事は取り出したタブレットに視線をめぐらせている。

「山行は危険かもしれないとペンションの従業員に諭《さと》されて、日を改めることにしたそうです。少なくとも両人はそのように語っています。帰途は別々だったという話です」

「しかし、その後で気が変わった？」

「橘さんと別所さん、どちらかが抜け駆けをして山小屋を訪れたのではないか。その人物に的を絞りたいと警察は考えています。ただ近隣の監視カメラなどに二人は記録されていませんでした。我々としては、お二人の人柄《ひとがら》や、被害者との接し方について教えていただき、判断材料にしたいのですよ」

　私は慎重に言葉を選びつつ答えた。

「……そうですね、二人とも、三羽根と良好な関係だったとは言えません。そういう意味ではどちらも、日記の『旧友』という表現がぴったりですね」

「なにか、関係が悪化する出来事があったのですか」

「決定的なエピソードという程でもないんですが、二人とも、女性関係の振る舞いが相当にルーズでした。三羽根はどちらかと言えば潔癖な方だったので、折に触れて反感を積み重ねていった感じですね。少しずつ、遊びや飲み会に誘わなくなって、疎遠になった」

「困窮していると聞かされても援助したくなるような間柄ではなかった、と」

納得するように刑事はタブレットになにやら入力していた。その後も二人と三羽根について二、三の質問に答えたが、捜査を進展させる材料にはならなかった様子だった。

　刑事と別れてから、私は三羽根の人生に思いを馳《は》せた。

　実直な男だった。それは疑いようがない。だが誠実さと潔癖さは兄弟のようなものだ。友人に対して「嘘をついたのは、初めてだった」と書き切ってしまえるまっすぐな性質は、他人に対しても同じレベルを要求する。今回の両名に限らず、学生時代から、三羽根の交友関係は入れ替わりの激しいものだった。この人間は尊重に値しない、と見切りを付けた瞬間、興味を失い、あからさまに遠ざける。その後は話題に挙げることさえしない。

　あるいは、引退後の隠遁生活もその延長線上にあったものかもしれない。欲望入り乱れる資本主義社会に嫌気がさしたからこそ、三羽根はリタイアを決断したのかもしれない。実直で誠実で、だからこそ残酷な男だった。

潔癖、残酷……脳裏を一つの可能性がよぎった。

「一つうかがってもよろしいでしょうか。三羽根の山小屋に、今回の二人が写っている卒業アルバムはありましたか」

翌日、刑事に電話をかけた私は、挨拶《あいさつ》もそこそこに質問を投げかけた。

「見つかりませんでしたね。それがなにか？」

「橘と別所、二人のどちらかが犯人だとしたら、それは別所だと思います」

「そうお考えになる根拠は？」

「三羽根の日記です。昨日、見せていただいた三月一日から五日の記述を読んで気づいたことがあります。彼はその日発生した出来事について端的かつ几帳面《きちょうめん》に記録している。人名も同じです。短い付き合いになるはずの臨時の配達員の名前さえ書き残しています。それなのに、肝心の五日だけ、『旧友』『友人』と記すだけで、個人名を残していない。改めて振り返ると、おかしな話です」

「言われてみると、不自然に見えますね」

「なぜ名前を書かなかったのか。理由は単純です。三羽根は、訪ねてきた相手の名前を思い出せなかった」

沈黙が続いたので、私は適当な例を口にする。

「道ばたなんかで知り合いと再会して、名前が浮かばない経験ってあるでしょう。相手は、こっちが名前をわかっているものと決めつけて話しかけてくるから、名前を知る糸口もつかめない。別れた後も、思い出せずもやもやした覚えはありませんか？」

「ありますね。三羽根さんも、最後まで加害者の名を思い出せなかったとしてもおかしくはない」

　刑事は納得したように声を高くしたが、

「しかし、名前が出てこなかったとして、そのことが別所明さんにどうつながるのです？」

「訪ねてきたのが橘の方だったら、三羽根は、名前を思い出したはずだからです。一日の日記に、チェーンソーを借りにやって来た立花という人物について記されていたでしょう？」

「なるほど」刑事の声が熱を帯びた。「立花と橘。読みが同じですね」

「さっきの例で言うと、道ばたで会った大下という男の名前を忘れていたとします。そんな状態で、新聞やテレビなんかで大下という人物の名前を見たら、『そうだ、あいつの名前も大下だったな』と思い出せる可能性は高いと思うんです。三羽根の場合、日記の同じページに記してあった立花という名前から、橘を連想するはずです。それなのに日記には名前が残されていない。ならば、訪問者は別所だった可能性が高い」

　私の推測は幸いにも正解だったらしい。数日後、警察へ出頭を要請された別所が、あっさり犯行を認めたとの一報が刑事からもたらされたからだ。

想像する。三羽根を殺《あや》めた直後、日記を持ち去るか、三月五日分が書かれたページを破り取っていたら、別所はしらを切り通すことができたのだろうか。彼は自分の名前が記されていないことに安心して、隠蔽《いんぺい》を怠ったのかも知れない。だがその判断が命取りになった。三羽根が彼の名前を記憶に留《とど》めていなかった事実自体が、別所に手錠をかけたのだ。

三羽根にとって、別所は忘れ去られた存在だった。それでも人間は、透明人間にはなれないらしい。

口にもできないようなつまらない願い事

竹本健治

嘘《うそ》をついたのは、初めてだった。

嘘ともいえないようなことだ。「お前、何もさわらなかっただろうな」と訊《き》かれて、ぷるんとひとつ首を横に振っただけなのだから。

それに最近急にハーバート兄さんが死んじゃったから、ママは泣いてばかりいるし、パパも頭を抱《かか》えて黙りこんだり、時どき腹を立ててテーブルを叩《たた》いたりしていたので、とても本当のことを言えなかった。

夜。さっきから戸や窓が風に揺すられてカタカタとひっきりなしに鳴っている。僕は毛布にくるまって震えていた。恐《こわ》かった。恐くて恐くて仕方がなかった。なぜだかパパもママも普通じゃなかったからだ。

おやすみを言って僕が自分の部屋に戻ったあと、居間でパパとママが何か大きな声で言いあっているのが聞こえた。初めはいつものようにハーバート兄さんのことを悲しんでいるのだと思った。兄さんは仕事中、工場の機械に挟まれて死んでしまったのだ。兄さんはパパにとってもママにとっても自慢の息子だったので、悲しみに押しつぶされたみたいになってしまうのはあたり前のことだった。

だけど、息を殺して聞いていると、どうもそれだけじゃなさそうだった。「あれを取ってきてください」とか「最初はかなったんですから」とか、ママが必死にお願いをしているのだ。それをパパが宥《なだ》めたり叱《しか》ったりしている。そんなことがしばらく続くうちに、最後にパパが何か聞き取りにくいことを――「願わくは我が……を……らせたまえ」というようなことを大声で言って、それでようやくママもおとなしくなったようだった。

気になって、僕はそっとベッドを脱け出し、居間を覗《のぞ》いてみた。蠟燭《ろうそく》の火がゆらゆら揺れて、壁や天井に赤黒く影がうごめいている部屋のなかで、ママはじっと窓の外を見ていた。ガラスに顔をくっつけるようにして、まるで何かが起こるのをひとつも見逃すまいとするかのような眼《め》で。その眼つきや様子にぞっとして、僕はすぐにそっと自分のベッドに戻った。

そのあとも居間の様子が何か普通じゃない気がして、ずっと恐かった。そうして眠れずに震えていると、自然にあれのことが頭に浮かんでくる。昨日、炉棚で見つけて、恐る恐る手に取ってみたあれ。初めはとても気味悪かった。そして、どうしてこんなものがうちにあるんだろうと不思議だった。

そのうち、何となく――本当に何となく、これはまじないのための道具じゃないかと思った。あれに似たものが出てきた絵本か何かを読んだような気がしたのだ。でも、そうでなくてもかまわない。それらしいものでありさえすればいいのだ。僕はそれを両手で握りなおして、願い事をした。

僕はハーバート兄さんに較《くら》べて、何から何までみそっかすだった。兄さんのように頭もよくないし、美男子でもない。明るくて、人づきあいが得意で、すぐに人に好かれるところも全然違う。パパやママにはそんな兄さんのほうが可愛《かわい》いのは当然だろう。いつも家の中心にいる兄さんに較べて、僕なんかまるで空気みたいなものだ。時どき本当にパパやママの眼に映ってないんじゃないかと感じることさえあった。

その兄さんが死んだことで、パパとママの気持ちが少しは僕のほうに向くんじゃないかと——そんなふうに期待する気持ちがなかったといえば、それこそ嘘になる。だけどそうはならなかった。パパもママもやっぱり兄さんのことばかり。いや、前よりも僕のことはそっちのけなくらいだった。

だからそんな僕がほんのちょっと——つまらないけど夢みたいな願い事をしてもバチはあたらないんじゃないかと思う。

驚いたのは、僕がそれを口に出して言ったとき、あれが蛇みたいによじれ動いたことだった。僕は思わずわっと叫んで、そいつを床に放り出した。そして尻餅《しりもち》をついたままじっと様子を窺《うかが》ってみたけど、もうそいつは元通りの形でぴくりとも動く気配はない。気のせいだったのだろうか。僕は慌てて炉棚のなかにしまいなおし、今みたいにベッドにもぐりこんで、鳴りやまない心臓を懸命に鎮めようとした。

そんなことを思い出していると、ますます恐さが胸に迫ってきて、どうしようもなかった。

そうしてどれほどたった頃だろうか。僕はふとかすかな音を聞きつけた。玄関の戸だ。誰かが戸を叩いている。こんな夜中に？　誰だろう。

しばらくして、またトントンとノックする音。今度は前よりも少し強く。パパとママもそれに気づいたらしく、ベッドが軋《きし》む気配と、足音、続いてバタンとドアが閉じられる音が寝室のほうから聞こえた。

三度目のノックは激しく家じゅうに響き渡って、僕は心臓が止まるかと思った。ママも何か叫んでいる。唸《うな》るようなパパの声も。

「ハーバート！　ハーバート！」

狂ったようなママの金切り声。叫びながら階段を駆けおりていく。

ガチャガチャと鎖をはずす音。そして、

「閂《かんぬき》をあけてあげて！　私には届かない！　あなた！　あなた！」

僕はベッドから這《は》い出《だ》し、部屋を出た。家は真っ暗だ。騒ぎは玄関だけでなく、居間でも何かをひっかきまわすような音が聞こえてくる。そしてそのあいだもノックの音がますます激しく繰り返していた。

僕は階段の上から玄関を見おろした。暗闇《くらやみ》のなかで、ママが戸のほうに椅子《いす》を引きずっていくのが見えた。そして戸の前にそれを置き、上にのぼり、閂に手をかけようとしたとき、転びそうな勢いでパパがその場に駆けこんできた。

パパはあれをつかんでいた。ミイラみたいに干からびた、毛むくじゃらの猿の手！　それ

を両手で高くさしあげて、

「三度目の、最後の願いだ！　戻してくれ！　あの子を墓場に帰してくれ！」

血を吐《は》きそうな声でそう叫んだ。

――そうか。願い事は三度だけなんだ。

頭のなかでそんな言葉が過《よぎ》っていくのと重なるようにして、戸がゆっくりと開いていった。

「おやすみ、ずっとそばにいるね」

佐野徹夜

嘘《うそ》をついたのは、初めてだった。

今日はその嘘の経緯について書く。

多分、君はこれを読まないだろう。

もしかしたら、僕と同じような嘘をついたことがある人は、この世にけっこうたくさんいるかもしれない。そういう意味ではこれは普遍的な話だけど、しかし同時に、物凄《ものすご》く個人的な嘘でもある（小説というのはおおむねそういうものなのかもしれないけど）。

＊

夜、僕の部屋のベッドで二人で寝転んでいたら、横にいた彼女が「ね。うちの大学のレポート手伝ってよ」とプリントを見せてきた。

〈以下を読み、ここで書かれている「嘘」が何なのかについて、自らの意見を述べよ。〉

「ねえ、私を愛してる？」

「もちろん。」

「結婚したい？」

「今、すぐに？」

「いつか……もっと先によ。」

「もちろん結婚したい。」

「でも私が訊ねるまでそんなこと一言だって言わなかったわ。」

「言い忘れてたんだ。」

「……子供は何人欲しい？」

「３人。」

「男？　女？」

「女が２人に男が１人。」

彼女はコーヒーで口の中のパンを嚥み下してからじっと僕の顔を見た。


「嘘つき！」

と彼女は言った。

しかし彼女は間違っている。僕はひとつしか嘘をつかなかった。

（村上春樹『風の歌を聴け』講談社文庫）

「で、どれが嘘やと思う？」

僕は考えた。「僕はひとつしか嘘をつかなかった」が真である場合、どれか一つだけが嘘ということになる。全《すべ》ての可能性はあり得る。

「もちろん結婚したい。」が嘘の場合、「言い忘れてたんだ。」も同時に嘘になる気もするが、結婚したくはないが結婚したいという嘘をつくつもりは彼にありしかしそれを言い忘れていただけだとすれば、「もちろん結婚したい。」だけが嘘という解釈は成立する。この場合、「僕」は愛していたが結婚願望はなくしかし結婚の予定を騙《かた》りつつ彼女を騙《だま》しながら婚前交渉により婚外子として一男二女を作りつつその実彼女とは結婚をしないつもりでいたがそもそも結婚したいという話をし忘れていたという解釈になる。

「3人。」が嘘の場合、「女が2人に男が1人。」も要するに三人だから、嘘が二つになり矛盾があるように思えるが、しかし、女が2人に男が1人、かつ、男性でも女性でもない子供を一人以上欲しいと考えており、かつ、そのことを言わないでいたかあるいは言い忘れていた場合、真実を言わなかったことは嘘とは必ずしも言えないため、成立する。「女が2人に男が1人。」が嘘であれば、本当は「僕」は彼女を愛していて結婚したいと思っていてそれはただ単に言い忘れていただけで子供は三人欲しいと本当に思っていたが、本当は男が二人に女が一人、あるいは女が三人、もしくは男が三人欲しかったということになる。ただ、たしか記憶では、彼はそんなに愛情深くかつ男女の産み分けに偏執的にこだわるような男ではなかった気がするけど。

とはいえ、「もちろん。」が嘘で、「僕」は彼女を愛していない、というのがおそらくオーソドックスな解釈だろう。

しかし個人的には、「言い忘れてたんだ。」が嘘である可能性も捨て難い。素朴な共感がその理由だった。その場合、「僕」は彼女を愛していて結婚したいし子供は欲しいと思っていたが何か理由があり意図的に結婚したいとはあえて言っていなかったということになる。

僕自身、横にいる彼女に対してそうした感情を抱いていた。僕は小説家になりたいと考えていたがなれそうな目当ては全くなく仮になれたとしても家庭生活を得ることにより小説を書けなくなるのが怖いから結婚したいとは言わないようにしていたが、内心彼女との結婚生活を送りたいという願望がないわけではなかった。つまり僕は当時も今もありがちで最低な人間の屑《くず》だった。

「それで佐野くんは私のこと、愛してるの？」

そして恐れていた会話が始まった。彼女はときどき、一緒に読んでいた本や映画の登場人物になりきり、同じセリフを僕にぶつけることで、僕の心を試す癖《くせ》があった。

「わからない」

「結婚したい？」

「したくないよ」

「子供は欲しい？」

「欲しくない」

当時も今も僕は人間は生まれてこない方がいいだろうと漠然と確信していたが、しかし、その考えを僕は物心ついた時から一貫して有していたわけではなく、人の考えはうつろい変わるので、いつか子供が欲しいと考えたときに手遅れになっていたらどうするのだろう、という迷いは多少あった。同時に、もし自分が彼女と結婚生活を送り、彼女の強い願望通りに子供を生むことになったら自分は幸せになるのかもしれない、という予感はあった。そういう、いわゆるあり得たかもしれない人生の可能性の一つとしては、彼女と結婚して子供が欲しいという気持ちは心の中にたしかにあり、僕はそれを日々隠し続けていた。

「私ら別れようか」

「どしたん急に」

「愛のないあんたと一緒にいても無意味やし」

それから急に君は怖いものを見るような顔をした。僕は少し不安になった。

「あたし、お前が大嫌いやわ」

「ようわからんけどごめん」

彼女は外国人で日本語を関西で習得したせいか関西弁がまじっている。本人はそれを気に入っていた。しかしそれだけでなく、何か深刻な話をするとき、僕たちは茶化《ちゃか》すためにというか、言おうとすることの真面目《まじめ》さから微妙に距離を取るために関西弁を使うときがあった。真面目になったら全部終わる気がして怖かったのだ。

「さっきから私、あんたの本音に興味ないねん。いちいち言わすなよ。こんなこと」

「せやな……」と僕は少し考え込んだ。

「こないだみたいにいつでも深夜にチャリでハンバーガーでもカツ丼《どん》でも持ってくわ。何でもする。君のためなら」

その頃僕たちは京都の学生で今出川《いまでがわ》の歩いて十五分くらいの距離に住んでいて、それを「ちょっと遠いな」くらいに感じていた。今から思えば馬鹿《ばか》みたいな話だけど。彼女と僕の現在の距離を思えば。

「腎臓《じんぞう》も売れる？」

「二つただでやるわ」

「あんたが死んだら事後処理めんどいから、二つもいらん」

それから彼女はふと思いついたような顔で「私の好きなところ百個言いよ。そしたら許したる」と呟《つぶや》いた。僕はその夜、頑張ってきちんと百個言ったのだ。すると彼女は間髪入れず当然のように澄ました顔で「あと百個言えるよね？」と言った。君がそのうち一つくらいは覚えてくれてたらいいけど。

最近、『風の歌を聴け』を読み返した僕はもう一つの可能性に気づいた。「僕はひとつしか嘘をつかなかった」が嘘で、嘘は一つではない、という解釈もあり得るかもしれない。「僕」は作品内で一貫して信頼できない語り手なのだと。

さて、嘘とは何だろう。

「僕の言うことは全て嘘」は一文では矛盾してしまう。

だから、人は、嘘をつき続け、矛盾した話を続けることでしか、自分が嘘つきだと相手に信じさせることは出来ないのかもしれない。

そういう意味では、その夜僕はたった一つしか嘘をつかなかった。

それはそれとして、僕は、少なくとも君に嘘なんてつかないようにはしていたのだ。つまり、耳障《みみざわ》りの良いことは何も言わないという、屑で酷《ひど》い自分の内面を常につまびらかに明らかにするという態度を取ることで、嘘をつかないようにしていた。それが倫理的な態度だと勘違いしていたからで、だからその夜、僕は君に対して初めての嘘をついたともいえる。そして、本当は心が弱い人間だから、嘘をつく罪悪感に耐えられなかっただけだったのだと、そのとき初めて気づいたのだ。

例えば永遠に君のそばにいるというのは嘘になるだろうか？

しかしそれは、永遠ではない状況が訪れたときに初めて嘘になるのだと僕は思う。本当に永遠がないなんて誰にも証明出来ない。死後の世界や神の不在が証明出来ないという論理と同じ意味ではきっとそうだ。

嘘という言葉があらわすものの一つに、それが事後的に嘘になってしまうというものがある。未来について予言したことが、現実に起きないとき、それははじめて嘘になる。遅れて嘘になる言葉というのがある。

本当は僕は嘘なんてつきたくなかった。君のそばで一度も嘘をつかないまま死ぬ人になりたかった。

その夜、僕は彼女に言った。

「誓うよ。きっと君の役に立ち続けると約束する。君の手を離さない。君を大切にする。いつも君の髪を乾かす。好きなだけうどんつくる。肩もふくらはぎも揉《も》む。背中もさする。涙を拭《ふ》く。手首切ったら包帯巻く。呼ばれたらすぐ行く。世界中どこにいても。君が酔っ払ったらおんぶして帰る。言って欲しいことぜんぶ言う。息が出来なくなるまで笑わせる。それから優しくする。フルーツケーキみたいに甘やかす。世界中の誰よりも」

クスクスクスクス。

「まあええよ。今日はこれで許しといたげる」

それからスズランテープを引っ張って電気を消して二人でベッドに横になった。あとは真っ暗闇《やみ》に声だけが浮かんだ。

「最後になんかゆってよ」

考えたが何も浮かばず沈黙していたら、彼女が助け舟を出すように僕の口を塞《ふさ》いだ。

「やっぱいらん」

それから軽く絡まってすぐに離れた。

「いまは無言でええ感じの雰囲気出しといてよ」

「……………」

「あたし、あなたの、そういう阿呆《あほう》みたいなとこ好きよ。ぐずで、どんくさくて、しょーもなくて、愚かなところが、愛おしいって思う」

「……………」

「ねえ、さっきいったことほんとうだからね？」

「うん」

そして君はその夜初めて心から安らいだような顔を少し見せて「おやすみ」と言い目を閉じた。

スリーピング

長谷敏司

嘘《うそ》をついたのは、初めてだった。

とはいえ、新人漫画家の海野《うんの》翔吾《しょうご》にとっての初めての嘘ではない。アシスタントとして働くスタジオが、顧客に初めて嘘をついたのだ。

スタジオの主であるベテラン漫画家の福地《ふくち》尊市《たかし》先生は、職人気質で仕事には誠実な人だった。受けた仕事は必ず期限までに完遂する。23歳の海野にとってすら地獄の進行になることもあったが、50代なかばの先生は、取《と》り憑《つ》かれたような熱意で、絶対に諦《あきら》めなかった。

その先生が、ゲームのキャラクターとモンスターデザインの仕事の締切《しめきり》2日前、ひとりで集中したいと言って、スタジオからアシ全員を追い出した。先生は、練習用のデッサンやラフを見せるのも嫌がる、秘密主義の人だから、みんな仕方なく受け入れた。

そして、今朝、チーフアシの愛内友仁《あいうちともひと》に携帯で叩《たた》き起《お》こされて、海野は近所のアパートから駆けつけたのだ。

スタジオに入ると、福地先生と同年代の愛内チーフと、先輩アシで唯一の女性である世良《せら》ナナが、先生のデスクのそばにいた。

先生は、３面の液晶ディスプレイをアームに取り付けたＰＣデスクに、突っ伏していた。

「僕がスタジオに入ったときには、死んでたよ。心臓だな。心筋梗塞をやってまだ何年だ？　４年か。治ったって、勝手に薬をやめるから」

愛内が言った。

改めて死体を見下ろす。あのオーラのある人がちいさくなったなと感じた。疲れ切って眠っているような姿勢だが、大事なものが抜け落ちている。

「警察か救急車を呼ばないと」と、言いながら、海野は画面に目を留めた。そこには、彼自身も漫画家友達と使ったことがある、ソフトウェアが表示されていた。

「これ、画像生成ＡＩっすよね」

愛内が、苦りきった表情で言葉を絞り出した。

「救急車は呼ぶ。けど、慌てても助からないから、スタジオのことを、葬式とかでバタバタになる前に決めよう。明日が締切だ」

画像生成ＡＩは、文字を入力できる入力窓に、プロンプトという、こんな絵が欲しいという指示を入れると、その通りの画像をＡＩが作ってくれるものだ。驚くべきはその品質だ。出立ての頃は、負ける気がしなかったが、この半年で「技術だけで勝負するのが厳しい時代がきそうだ」と思わせるほど進歩している。

世良が、「これ、先生の絵柄《えがら》コピーですよね」と、指摘する。確かに、先生の画風で、Ａ

Ｉが絵を生成していた。画像生成ＡＩは、大量に特定の作家の絵を追加学習させることで、〝特定の作家の画風をコピーする〟ことができる。

「すっげ。先生の描きそうなモンスターだ」

「福地先生は、生成ＡＩで、ゲームのキャラデザ、乗り切るつもりだったのかもな。最近、スランプだって、ぼやいてたからな」

愛内が、そんなことを言い出した。世良も納得した様子だった。

「絵のためならなんでもする先生らしいわ。ダメなりに仕事を終わらせるためなら、人殺し以外は何したっておかしくない」

「それでだ。先生がＡＩのデザインを使うつもりだったんなら、このままＡＩに最後まで先生のかわりをしてもらって、僕たちが仕上げて会社に出したらいいんじゃないか？」

つまり、スタジオぐるみで嘘をつく口裏合わせが、救急車より前に、海野と世良が呼ばれた理由なのだ。

世良までもが、賛成した。

「まあ、やれそうですね。先生っぽくないところは、わたしたちが修正しましょう。前も、先生の落書きみたいなラフを、わたしたちでリファインして提出しましたし」

海野も覚えがあった。

「あー。先生が心筋梗塞《しんきんこうそく》のとき、病室で描いてたやつっすね。言われてみたら、あれよりは手がかからなそうっすね」

世間的に言えば、とんでもないことなのだろう。だが、海野も、10枚ほどを残して、あとは終わっている最後の仕事を、片付けずにおくのは、すっきりしなかったのだ。

取引先のゲーム会社は、スタジオの嘘にだまされてくれた。やむを得ない事情として締切が半月延長され、福地尊市の最後のラフをもとに、アシスタントが仕上げると、すでに公式発表されていた。

ただ、海野たちは、その10枚に手こずっていた。まず5日を生成ＡＩの勉強に費やし、技術を手分けして試した。その後、新たな締切まで3日の今日まで、思うような画像を出力できていない。ＡＩを使った画像生成では、プロンプトを打ち込んで、あとはＡＩがいい絵を出してくれるまで、ひたすらリテイクさせる。海野たちがラフを描いて、ＡＩに先生風に描き直しさせる手法も試したが、これでも物足りない。試しに20枚くらい手描きで修正もかけたが、上手な絵は作れるが、〝福地尊市の新作〟として納品できるクオリティには一枚も到達しなかったのだ。

海野は疲れ切って、５００枚以上になった没絵のリストを流し見しながら、つぶやいた。

「ＡＩじゃ、先生のシンプルな線なのに怖いくらい迫力がある悪役とか、下品に突っ込みかけた女性キャラとか、出ないもんなんですね」

かなり参っていた。

ずっとスタジオに泊まり込んで、追い詰められている愛内が、頭皮を掻《か》きむしった。そして、目を血走らせて、海野を押《お》し退《の》けてパソコンの前に座った。

「プロンプトに“aiuchi”って入れさせてくれ」

そのＡＩへの指示は、〝愛内チーフを描け〟ということだ。まさかと思った。

だが、結果はこれまでと一線を画していた。

新しく生成されたモンスターの絵は、負の情念がこもった表情をしていた。福地先生の迫力には及ばないが、何を意図しているかデザインの中心をイメージできる絵だ。これなら、修正すればスタジオの作品として世に出せる。

愛内が、舌打ちして、椅子《いす》を立った。

海野は呆気《あっけ》にとられていた。

「これって、愛内さんの絵を、むちゃくちゃいっぱい福地先生が描いてたってことですよね」

そのとき、世良が、生成画像が表示された画面を覗《のぞ》き込《こ》んで、ゲラゲラ笑いだした。

「そっか。今日出した没ヒロイン、“sera”か、あだ名で“panko”か、プロンプトに追加してみたら？　ひょっとしたら、“midoriyama”かな」

「ミドリヤマって誰すか」

「わたしの前の、先生の愛人。ショートボブの美人だったわ。似たようなキャラ、知らない？」

さっきに続いての衝撃だった。愛人告白をした本人の前で、“sera”と指示してエロい絵が出たら気まずいから、“midoriyama”のほうにしておいた。ボツにしたヒロイン画像をプロンプト管理アプリにドロップして、出てきた文字列に、“midoriyama”を追加する。

そして、出力された画像に、息を呑《の》んだ。

「マジかよ。エリーじゃん」

エリーは、福地先生のデザインした有名キャラだ。海野にとっては、高校のとき死んだ恋人と仲良くなるきっかけになった、青春の思い出だ。

海野は、怖いもの見たさで、“unno”と入れてみた。が、出力された画像は変わらない。

「海野君は、先生にとっていじりにくいタイプだからね。先生とは、どっかで会ったんだっけ？　飄々《ひょうひょう》としたタイプを初めて採用したから、まあ驚いたよ」

愛内には、よくわからない慰められ方をしたが、海野は気になってしかたがなかった。

「先生の画風を学習したってことは、福地先生が秘密にしてた練習用のデッサンとかラフとか、このパソコンに入ってるんですよね」

生成ＡＩに、特定の作家の画風を学習させるには、教師データとして画像が大量に必要だ。つまり、秘密主義の福地先生が見せてくれなかった、デッサンやラフのデータが、このパソコンに入っている。

「この仕事を最後にスタジオはもう閉めるだろうし、今のうちに見てみるか」

尊敬していた先生の秘密を盗み見るような、後ろ暗い興奮があった。愛内には、負の情念を大量に絵にされていたことに、強い感情があったのかもしれない。世良も愛人として思うところがあったのかもしれない。

海野はわくわくしていた。だが、それ以上に熱が入っている先輩たちがいたから、先を譲ってやることにした。

「俺、コーヒーでもいれてきますよ」

湯気を立てるコーヒーカップを３つ持ってきた頃には、教師データが見つかっていた。そのフォルダの中身は厳格なプログラム的規則で名づけられた下位フォルダ群で、１５００枚以上もの画像が入っている。愛内が、画像を作成日に並べて、ひとつずつ開き始めた。

最初に開かれたのは、学生時代からの付き合いだという愛内の絵だ。若い頃の愛内が、泣きそうな顔で原稿にペンを走らせている姿が、迫真の筆致で描かれている。愛内が、目を赤くしてコーヒーを啜《すす》っていた。

世良の絵は、３人の愛人の赤裸々な絵の後ろにあった。興奮を冷ますように何度もコーヒーに口をつけて、彼女は、力尽きて眠る全裸の自分の絵を、じっと見ていた。まるで彼女が、欲得ずくで近づいてきたかのように、絵は欲を掘り出している。

先生は、スタジオのアシたちの姿を克明に描いていた。それは、スタッフたちにとっては、自分達の欲や苦悩を写し取ってくれた、名画だった。

*

そして、コーヒーがすっかり冷めた頃、愛内と世良は眠気に負けて、床で眠り込んでいた。海野が入れた睡眠薬が効いたのだ。

「マジごめんなさい。愛内さんがスタジオ泊まりで、隙《すき》がなくって」

海野自身が描かれた絵のファイルは、名前ですぐにわかった。最初の1枚は駅のホームで、学生服姿の海野が、女生徒を線路に突き飛ばしている光景だった。

忘れられない記憶だった。初恋の人に捨てられて、気がついたら背中を押していたのだ。だから、海野を描いた画像は“killer”がファイル名だ。飄々として酷薄な表情のキャラ絵が、この単語を入力すればＡＩに生成されたはずだ。

漫画の新人賞を受賞して再会したときの絵も、スタジオで仕事をしている姿もあった。宝物のような思い出の絵だ。だが、ファイル名が“killer”だから残せない。

「先生、現場を目撃して、俺を入れてくれるのは、絵のために手段を選ばなすぎですよ」

そう言葉にして、かけがえのない人だったのだと、悲しみが胸のうちで爆発する。

海野は、誰にも知られていない罪を葬るため、全ファイルを消し去る。

そして、先生が描いてくれた自分を世界から完全に失ったと思い至り、死体の突っ伏していたデスクから、目を離せなかった。

それでも、やっぱり地球はまわる

篠原美季

嘘《うそ》をついたのは、初めてだった。

なにせ、あの家に来てからというもの、私は常にご主人様に忠実だったのだから。

そもそも、犬の私は元来が正直者で嘘などついたためしがなく、それが美点であり、誇るべき長所だと信じていた。いわば、アイデンティティの問題だ。

ところが、そんなアイデンティティを覆すような事件が起きてしまった。

ただ、まあ、ここは順を追って話そう。

思えば、予兆と言えるようなことは多々あった。

まず、子犬のオランジェの登場だ。

彼女は、私と違ってよく嘘をつく。犬としてのアイデンティティをどこかに置き忘れてきたとしか思えない。

例えば、以前、彼女がトイレットペーパーを部屋中にぶちまけてしまった際、告げ口をしたくなかった私は、ご主人様を前にただただ頭を垂れているしかなかったのに、震えながら上目遣いにご主人様を見ていた彼女は、最終的にクイッと鼻づらを向けて私を示した。

その時の驚きと言ったら……。

ただ、もっと驚いたのは、それを見たご主人様がどちらも叱《しか》らなかったことだ。叱らず、手にしていたスマホを見ながら喜んでいた。

いったい、なにがそんなに嬉《うれ》しかったのか。

もしや、トイレットペーパーだらけになった部屋か？

そう思って、試しに次の日、同じことをしたら、ご主人様にこっぴどく叱られてしまった。

（Why?）

混乱する私を見て、オランジェが言った。

「おじさん、ナイス。私たち、いい相棒になれそう」

（どこがだ！）

わからない。オランジェの考えていることもそうだし、なにより、ご主人様の考えていることが、私にはさっぱりわからなくなっていた。今ではスマホ越しにしか私を見ないし、そんなご主人様を遠く感じる。

昔はよかったよ。目を見れば、ご主人様の考えていることがわかったし、色んなことがもっと単純だった。

（あの頃に、時を戻せたらなあ……）

そんな私と違い、オランジェは今の生活をのびのび楽しんでいるようだ。

なにせ、大柄《おおがら》で成熟しきった私と違い、小柄で子どもで愛くるしい彼女は、なにをしてもご主人様を喜ばせる。

本当に、なにをしても、だ。

階段でこけても、食事をひっくり返しても、私のおやつを横取りしても――。

(そう、横取り!!)

それこそが、私のアイデンティティ崩壊への序曲である。

あれは、おやつを前に、私がいつものように『待機』を命じられていた時のことだ。

そもそも、私は、いまだに『待機』の意味がよくわからない。

腹が減る↓食べる↓満足する。

自然界の流れとしてはそれでいいはずなのに、なぜか、ご主人様は余計なことをさせたがり、今の流れは、腹が減る↓ご主人様が引き出しや冷蔵庫から食べ物を取り出す↓待機↓良し↓食べる――という、なんとも不自然なものになっていた。

それでもご主人様のためと思い、私は地獄の苦しみを経《へ》てその流れを体得したのだが――。

あの日、ご主人様は、待機を命じたままどこかへ行ってしまい、私はひどく狼狽《ろうばい》した。そんなことは、今までなかったから。

それでも、私が我慢して待機を続けていると、そこへオランジェがやってきて、パクリと私のおやつを食べてしまった。

待機している私の目の前で！

しかも、間の悪いことに、そこへご主人様が戻ってきて、私は叱られてしまったのだ。

「いやいや、私は食べていません。食べたのは、私ではなく、今はソファーで丸まっているオランジェです」

そう目で訴えたが、無駄だった。やはりご主人様はスマホを私に向けるのに夢中で、アイコンタクトを取ってくれない。

その空《むな》しさといったら――。

その上、私がそのことでオランジェに文句を言うと、彼女は笑いながら、「だって、それがご主人様の望みなんだから、仕方ないじゃん」とのたまった。

（ご主人様の望み？　あれが？）

私に待機を命じておきながら、その私の忠誠心を裏切るような真似《まね》をご主人様がするというのか。そんなバカな話はない。

だが、そう反論した私に、オランジェはあきれたように言ったものだ。

「バカだねえ。おじさん、なにもわかっていない」

ああ、わからないさ。私には、彼女の言うことも、ご主人様の望みも、なにもかもがさっぱりわからない。わからないまま、そんな怒髪天をつくようなことが何度か続き、ついにあの事件は起きた。

私のアイデンティティを崩壊させた、あの事件だ。

その日も、例によって例のごとく、おやつを出して待機を命じたままご主人様はどこかへ行ってしまい、そこにまたもやオランジェがやってきた。

私は、葛藤《かっとう》したよ。いや、随分前から葛藤していた。

待つべきか。待たざるべきか。

私としては、言いつけを守って待機をしていたいが、そうして待ったところで、どうせまたオランジェにおやつを食べられてしまい、結果、ご主人様を落胆させてしまうだけだ。それくらいならいっそ、自分で食べてしまってもいいのではないか。待機にならない待機などしたところで意味はない。

そんな自問自答を繰り返しながらチラッとオランジェのほうを見ると、目の合った彼女はクスリと笑って言った。

「だから、そんな涎《よだれ》を垂らして待っていないで、とっとと食べちゃえばいいのよ。でもって、引き出しから新しいのを取り出して置いておく。おじさんなら、あの引き出しを開けられるでしょう」

（なんと！）

私は、カッとなって言い返した。

「バカを言うな。そんなズル、私がするわけないだろう。私は正直者だ。嘘つきの君とは違う」

当然、そのまま喧嘩《けんか》になるかと思いきや、彼女は小さく震えながら言った。怖いからではなく、彼女は震えるのが癖《くせ》なのだ。

「ひどーい。私、すごーく傷ついちゃった!!　……でも、私とおじさんのどっちがよりご主人様を喜ばせているかと言ったら私である気がしないでもないし、なにより、これでも私なりに忠誠心ってものがあるわけで、そこはわかってほしいところよねー」

　そう言われ、反論したかったのに、私はできなかった。なんというか、その瞬間、私の中にあった齟齬《そご》感のようなものを、見事に言い当てられた気がしたからだ。

　その後、ドッグランに行った際、時々おしゃべりをする老犬にその話をすると、前足に顎《あご》をのせた老犬が「まあ、そうなんだろうな」と気だるげに言った。

「その『オランジェ』というのもそうだろうが、ここに来る若いやつらは、飼い主たちの手のぬくもりを知らない新世代の犬たちだ。おそらく生まれてからずっと、スマホ越しの意思疎通にさらされてきたんだろう。——最近、とみに思うんだが、新世代の犬たちは、スキンシップやアイコンタクトを知らない分、空気を読むのに長《た》けている」

「……空気を読む、ねえ」

「ああ。なんと言うか、彼らはスマホを向けられただけで、飼い主たちがなにを期待しているかがわかるのではないかと思うんだ。もちろん、断言はできないが、ここでこうやって若いやつらがやることと飼い主たちの表情を見比べていると、そんな気がしてくる。少なくとも、彼らは俺たちの知らないなにかを知っている。——いや、体得していると言うべきか」

　諦念《ていねん》を交えて言った老犬が、「それで」と私の話の結末を予測した。

「結局、君は、彼女に言われた通り、待つのを止めておやつを食べ、引き出しから代わりのおやつを取り出し、さも待機していたかのように振る舞ったのか？」

「ああ、そうだよ」

私は認め、「あの時」と思いを馳《は》せる。

「戻って来たご主人様に頭を撫《な》でて褒められ、もちろん否定することもできたんだが、しなかった。迷いはあったけど、ご主人様の表情を見ていたら、なんか、これでいいのかもしれないと思えてきてね……」

「なら、君も空気を読んだんだな」

「そうかもしれない」

「で、アイデンティティが崩壊して、今はどんな気分だ？」

「さあ、どうだろう。よくわからないが、ひとまずこうして生活はふつうに続いているよ」

陽だまりの中、私はそう言って老犬と別れた。

替え玉

献鹿狸太朗

嘘《うそ》をついたのは、初めてだった。

さらには、何か意味のある言葉を発したのすら初めてだった。なにせ愛生《らぶ》が生まれたのはたった九ヵ月前のことなのだ。

「ぱぱ」

ピンク色の舌で言葉を押し出すように父を呼んだ愛生は、自分の言葉が嘘だとは知らない。嘘の概念にもまだ出会っていないから当然だ。代わりに母親は知っていた。愛生の本当の父が彼ではない事を。だからこれは本質的には愛生の嘘では無く、母親である梢《こずえ》の嘘とも言えた。仕方がなかった。梢は夫の遺伝子を残すのが恐ろしかったのだ。

「パパだって！　うわ、聞いた？　親父《おやじ》とかじゃなくてパパってさぁ！　かわいっ」

「初めて喋《しゃべ》る言葉がオヤジだと怖いし難易度高すぎるよ」

「ママより先にパパって言うのレアじゃね？　パパパパ洗脳し続けた甲斐《かい》あったんだ！」

我が子を抱きながら嬉《うれ》しそうにはしゃぐ煌星《こうせい》を見て、梢は形容し難い気持ちになった。そこにあなたの遺伝子は一欠片《かけら》も入っていないの。優越感とも独占欲とも違う、とても他人様にはお見せできない歪《いびつ》な感情が毎秒香った。

　煌星は梢の九つ下で、引越し業者をやっている。あまり勤勉な方ではなく、仕事の傍《かたわ》ら楽に稼げる方法を探していたところ、梢の経営する商材販売セミナーに辿《たど》り着《つ》いたのだ。ひと匙《さじ》ほどの脳しかない、ミスカラーの雑種犬のようなこの男を、梢は手放したくなかった。だから仕事は回さないで、肩に手を回した。視線を捕まえて、熱を逃がした。生まれて初めて他人の人生を取り上げたくなったのだ。鼻のきく女の、大胆不敵な一目惚《ひとめぼ》れだった。

「女ばっか生まれたらその母親は美人なんだって。なんか、強い遺伝子を残したい的な。だから男兄弟ばっかの友達とかさ、母ちゃんバケモンみたいな顔してんじゃねえかなって思うんだァ。でもよく分かんねえよな。美人が強いって意味になっちゃうじゃんな。強いって別にそんな事じゃなくて、リンパンで人殺せるとか、そういう事だもんね」

「強さの定義は分からないけど……そもそも眉唾《まゆつば》じゃないの」

「二人目も女だったら梢さんが美人ってことだよ」

「男だったら煌星くんがハンサムってことね」

　梢は手馴《てな》れた様子で灰皿を差し出しながらそう返すが、二人目など作る気は無《な》かった。一人目を作らない選択肢すらあったが、梢は煌星のことを父親にしたかったのだ。いつまでも男のまま居させる訳にはいかなかった。男以前に大人にすらなり切れていないような煌星は、子どもができたところで遊ばなくなるとは言い切れなかったが、子どもが居ないよりマシだろうとこさえたのだ。梢は献身的な女であった。それは一見煌星に対しての献身のように見えるが、実際のところは全く違った。梢の献身は、梢の欲望自身にぴったりくっついて頭を垂れているのだ。

　煌星のひと匙の脳みそは、梢のものだった。そこにはいつも、煌星の心が手品みたいに仕舞ってある筈《はず》なのだ。そんな小さなスペースにどうやって雑多な情緒を詰め込んでいるのか、タネや仕掛けは見当たらないが、いつも梢を興奮させた。記憶する力も、注意する力も、推測する力も、応用する力も全然足りていないのだ。愚かであるという事実は、さまざまな怒りや悲しみを取り払った。煌星が約束を破ったって悪意は無くやくざなおつむのせいだし、デリカシーや品性に欠けた行動をとったってそれも一様に容量足らずのおつむのせいなのだ。だから今娘の頭上でたばこを咥《くわ》えているのも勿論《もちろん》そのせいだった。

「知能はさぁ、母親の知能を七割受け継ぐらしいよ。良かったなあ父親じゃなくて」

「……私の？」

「そぉだよ。爆アドだよ。愛生、天才になっちゃうかもね」

「……じゃあ、残りの三割が煌星くんのを受け継ぐのかな？」

「あー、なんだっけ。それも確かネット記事で読んだんだけど忘れちゃった。そっかおれも入ってるもんなァ。おれが三割も入ってたらプラマイゼロでめっちゃくちゃアベレージ人間になるかもね」

「そんなの育て方次第でどうにでもなるよ」

「塀の向こうにさえ行かないでくれたらそれでいいや。おれはね」

「煌星くんもね」

梢が手招くようにして太腿《ふともも》を叩《たた》くと、煌星は大人しく頭をのせ横になった。顔の横には真っ黒い穴が空いている。この穴は誰にでも空いているのだが、煌星の左耳にはいわゆる耳介が無いため丸見えになっているのだ。どうやら初めから無かった様子では無いためいつ失ったのか訊《き》いたところ、「中学の時コンクを開け、開けたその日に気を失うまで殴られた」という返事が返ってきた。言葉が足りず不親切な説明だが、つまりその際コンクが腫《は》れ上《あ》がってどうにもならなくなってしまったにも拘《かかわ》らず、耳介を全《すべ》て摘出せざるを得ない状況になるまで医者にかからなかったという事だった。殴られた理由は忘れたし、殴ったのが親なのか生活指導の教員なのか先輩なのか他校の生徒なのかも覚えていないのだ。放っておいた理由は単純に、怪我《けが》を放置すると耳ごとだめになるなんて知らなかったからだ。

　梢はやはり胸が躍った。梢は中学でピアスを開けて良い家庭や学校では育たなかったし、何かしたからって暴力によって正されることはなかったし、怪我をしたのに医者にかからないという選択肢もなかった。壊死《えし》のことは知らないくせ、姑息《こそく》に怪我を隠し通すという発想があるのだ。とても同じ生き物とは思えなかった。

「おれってさあ髭《ひげ》ない方がいいかな。周りで子ども生まれたやつ、子どもにウケ悪いからって脱毛してんだ」

「ある方がいいよ」

「金かかるから？」

「違うわ。お金なんていいのよ」

「でもさ、ナメられにくいよな、髭ある方が多分。なっ、愛生もそう思うよなァ、ツルツルのパパよりナメられない父ちゃんのがいいよなァ」

白い煙に包まれて眠る愛生は、なんとも幻想的であった。煌星がどんなに穏《おだ》やかな心で彼女を愛したって、愛生の半分はもう二度と会うことは無い、適当に選んだ男の雄性配偶子でできているのだ。でもそれは、決して不貞では無かった。梢は煌星を愛したから、煌星の子どもを産まなかったのだ。彼の劣悪な遺伝子を次世代へ持ち越すのを嫌った訳では無い。彼の血が通った生き物をこの世に増やせば、いつかそれが赤の他人の物になる時に彼の一部まで奪われてしまうと思ったのだ。

煌星を愛す自信はあった。半分が煌星でできている生き物なんていっとう愛せると思った。だけど梢は、その生き物まで囲い切る自信が無かったのだ。九歳下の煌星が没するまで添い遂げることくらいできても、これから生まれる赤ん坊がいつか他人の物になる事を阻止するのは親として難しいと考えた。

梢はあろう事か、生を受ける前の生き物を束縛していた。無力な梢は、愛《いと》しい子を守るには、それを非存在のままにしておく以外思いつかなかったのだ。他人の遺伝子で作った愛生は、煌星の頭の中にだけ存在する愛生の影武者だった。

影武者なら、赤の他人が産んだ雑輩《ざっぱい》の下へ嫁《とつ》いだって痛《いた》くも痒《かゆ》くも無い。煌星の遺伝子はここで途絶え、それを最後に抱《かか》え込《こ》んでいるのは他《ほか》の誰でもない梢なのだ。煌星という馬鹿《ばか》げた動物が存在した証拠は全部梢が握っている。それこそがひとりの男の人生を取り上げる愛の示し方だった。けれどやはり、愛しているのは愛したいという欲望そのものなのだ。梢には本質的に煌星を愛することなど不可能であった。それに気が付かないのは梢自身、梢の欲望に騙《だま》されていたからだ。無自覚のまま嘘を言った愛生と、無自覚のまま自分に嘘を吐《つ》いている梢は、皮肉な事に血が繋《つな》がっているのだ。

探険の思い出

三津田信三

「嘘《うそ》をついたのは、初めてだった」

山下《やました》が四十数年振りの告白を小学校の同窓会でしたとき、僕が年甲斐《としがい》もなく驚いたのは、子供の頃から実直そうな顔をしていた彼が、大人になっても変わっていなかったからだ。

同窓会といっても長い間まったく開かれておらず、五十歳の声を聞いたところで通知が突然あった。それから年に一度、僕は元級友たちと再会するために帰省した。そして世間がコロナ禍に見舞われる前、今のところ最後の小学校の同窓会となった集まりで、僕はかつて級友たちと探険した幽霊屋敷《やしき》の話を、山下と熱心にしていた。

この会に参加するのは毎年ほぼ十五、六人で、はじめこそ全員でわいわいと話しているが、そのうち数人ずつのグループに分かれ出す。このとき僕は、初めて顔を見せた山下と二人切りだった。こういう場では各人の近状報告は簡単に済ませて、昔話に花が咲き勝ちになる。幽霊屋敷の探険談になったのも、唐突に彼が話題にしたからだ。

「あぁ、そんなことやったな」

僕は懐《なつ》かしがったものの、ある事実をふと思い出した。

「言い出しっぺは、山下と違ったか」

「うん。隣町に大きな洋館の幽霊屋敷があるから、夏休み中に探険しようって、君らを誘った」

「けど山下は結局、参加せんかった？」

「家の都合で急に転校が決まったって、井上《いかみ》君に電話したんだけど……」

そのあと山下は冒頭の台詞《せりふ》を口にするのだが、正確には「友達に嘘をつくのは初めてだった」ということらしい。

「……嘘ってことは、ほんまは怖くなって止めたとか」

やや揶揄《からか》い気味に訊《き》いたのだが、返ってきたのは洒落《しゃれ》にならない答えだった。

「家の都合は本当だけど、実際は夜逃げしたから……」

「えっ……それは大変やったな」

戸惑った僕は、そんな言葉しか掛けられない。

「幽霊屋敷だと君たちに教えた隣町の洋館は、実は親戚《しんせき》の家だった。その人たちの事業の保証人にうちの親がなっていて、それで向こうの夜逃げに倣《なら》うように、こちらも同じ目に遭わざるを得なかったんだよ」

「あの家を幽霊屋敷だと言って、僕たちに侵入させたのは、その酷《ひど》い親戚に対する腹癒《はらい》せのようなものか。いや別に非難してるわけやなくて――」

「君は覚えてないのかな。井上君と多崎《たざき》君の三人で、一度でいいから幽霊屋敷の探険をしたいって、いつか言ってたことがあっただろ」

「……そうだっけ？」

僕の反応に山下は苦笑したが、まったく気にした風もなく、

「君たち三人には、とても仲良くしてもらった。だから急にいなくなる前に、ぜひお返しがしたかった。だけど子供だったから、何もできそうにない。必死に考えた結果、空家になる親戚の洋館を幽霊屋敷に仕立てて、君たちに提供するアイデアを思いついた。あの家の合鍵《あいかぎ》は親が持っていたから、こっそりと拝借して井上君に渡しておいたんだ」

この鍵の件を耳にしたとたん、ぱぁっと当時の記憶が鮮やかに蘇《よみがえ》った。

あの日の夕方、僕たちは隣町の洋館の大きな門の前に立っていた。午後一番に集まって自転車で向かったにも拘《かかわ》らず遅くなったのは、土地勘のない町中で迷ったせいだ。

夕刻とはいえ夏のためまだ充分に明るかったが、今から暮れようとする時間帯に、わざわざ幽霊屋敷へ入る愚の骨頂を冒そうとしたのは、やはり子供だったからだろう。

そのうえ「この家で昔、人殺しがあってな」と井上が作り話をして、「長い間もう空家やのに、窓から外を覗《のぞ》く顔が見えるらしいで」と多崎が怪談をでっち上げ、「そうなんや」と僕も乗る阿呆振《あほうぶ》りを三人とも発揮する始末である。しかも自分たちの嘘によって、余計に怖くなってしまったのだから救いがない。

門は閉じられていたが、井上が鉄柵《てっさく》の間から手を入れると、内側の掛け金は簡単に外れた。荒廃がはじまったように映る前庭を抜け、僕たちは玄関の前に立った。ここで井上が得

意そうに合鍵を取り出したので、多崎も僕もびっくりした。

「それ、どうしたんや。何でお前が持ってる？」

多崎が好奇心も露《あら》わに訊いたが、井上は相変わらず得意げな顔をするばかりで何の説明もしない。しかし、この優越も長くは続かなかった。

玄関扉を開けて三人で三和土《たたき》部分に入り、その後ろで扉が閉まった瞬間、明らかに彼の顔が強張《こわば》った。もちろん多崎も僕も同じである。ただし妙な戸惑いも、実は覚えていた。幽霊屋敷のはずなのに、なぜか屋内は綺麗《きれい》なのだ。

「ここ、土足で上がるんか」

多崎の問い掛けを敢《あ》えて無視するように、井上が靴のまま廊下に立ったのは、きっと己を鼓舞する心算があったのだろう。お陰《かげ》で多崎も僕も土足で続いたのだが、少なくとも僕は背徳感めいた思いに囚《とら》われた。

そこから僕たちは恐る恐る一階の各部屋を見て回った。居間、書斎、台所、食堂と何処《どこ》を覗いても、まだ生活感が残っている。さすがに埃《ほこり》は積もっていたが、幽霊屋敷が持つ廃墟《はいきょ》のイメージからは程遠いくらい、どの部屋も荒《すさ》んでいない。

「なーんや、こんなもんか」

井上の呟《つぶや》きに安堵感《あんどかん》があったのは、ほぼ間違いない。多崎も僕も同じ気持ちだった。

そうなると現金なもので、それまで三人で固まっていた癖《くせ》に、各自がバラバラで行動するようになった。まだ多崎が一階を散策している間に、井上と僕は手前と奥に二つある階段のそれぞれから二階へ上がった。

二階でも僕たちは別行動を取った。そして僕が子供部屋から、井上が親の寝室から廊下へ出て鉢合わせをしたとき、ばたばたばたっ……と駆けるような物音を耳にした。

「あいつ、何を燥《はしゃ》いどるんや」

二人とも多崎が一階の廊下を走り回っていると思った。だが次の瞬間、僕も井上も悲鳴を上げかけた。

「……おい、何か可怪《おか》しいぞ」

いつの間にか多崎が後ろにいた。しかも明らかに怯《おび》えている。

「お前らが二階に行ったあと、一階は俺だけのはずやのに、他《ほか》にも何かおるような気配があってな。それでこっそり逃げてきたんやけど……」

ばたばたばたっ……と駆けるような物音は、なおも聞こえている。どうやら一階の廊下を、それは何度も往復しているらしい。

「前の住人が実は、まだ残っとったんか」

「山下の奴《やつ》、それを知らんかったんやないか」

井上と多崎は小声で囁《ささや》き合ったが、僕の呟きに二人とも厭《いや》な顔をした。

「もしそうやとしても、あんな風に走るわけない……」

そのうち階下の物音が、より煩《うるさ》くなり出した。今までは廊下の端《はし》から端へ、一方向だけに駆けていた。それが両方の端から同時に駆けはじめて、廊下の真ん中で擦れ違いつつ、もう片方の端へ達する。そういう繰り返しを行《おこ》なっているらしい。

「……これ、あかんと思う」

さらに僕が呟いたとき。

ぴたっと一階の物音が止《や》んだと思ったら、たん、たん、たんっ……と何かが階段を上がり出す足音が聞こえてきた。それも二つの階段の下から同時に……。

近くの部屋に逃げ込もうとした僕や多崎とは違い、井上は二階の廊下の窓を片《かた》っ端《ぱし》から開けはじめた。

「ここや、逃げるで」

早くも窓の向こうに消えた井上のあとを、すぐに多崎が追った。僕も慌てて窓枠から外を覗くと、まさに雨樋《あまどい》を伝い下りている多崎と、すでに下り立って僕たちを見上げている井上の姿が目に入った。

二階とはいえ、眼下の高さに両足が竦《すく》む。あっという間に井上の横に立った多崎が、しきりに「早う下りろ」と手振りで急《せ》かせる。しかし怖いものは怖い。

そのとき、ばたばたたっ……と二階の廊下の両端から、ほぼ同時に駆けるような足音が響いて、僕は気がつくと窓の外へ出ていた。雨樋を三分の二ほど下りたところで「跳べ」と言われ、二人に受け止められた。

とっさに二階を見上げそうになって、井上に「見たらあかん」と叫ばれ、僕たちは門の外へ一目散に逃げた。

——という当時の記憶を蘇らせていると、幹事に「おい、知ってたか」と声を掛けられた。それは山下が転校前に、実は一家心中で亡くなっていた……という信じられない事件だった。当時は教師と親たちが、この事実を僕ら子供には隠していたらしい。

……二度目の嘘だよ。

そう聞こえたので振り返ったが、そこには誰もいなかった。

須藤古都離《すどうことり》（10月3日公開）
１９８７年、神奈川県生まれ。青山学院大学卒業。２０２２年「ゴリラ裁判の日」で第64回メフィスト賞を受賞。同作で２０２３年に単行本デビュー。他の著作に『無限の月』がある。

五十嵐律人《いがらしりつと》（10月10日公開）
１９９０年、岩手県生まれ。東北大学法学部卒業。弁護士（ベリーベスト法律事務所、第一東京弁護士会）。『法廷遊戯』で第62回メフィスト賞を受賞し、デビュー。著書に、『不可逆少年』『原因において自由な物語』『六法推理』『幻告』『魔女の原罪』がある。

柿原朋哉《かきはらともや》（10月17日公開）
１９９４年、兵庫県洲本市生まれ。立命館大学映像学部を中退し、映像制作会社「株式会社ハクシ」を設立。二人組 YouTuber「パオパオチャンネル」（チャンネル登録者１４０万人）として活動したのち、２０２２年、『匿名』でデビュー。

西尾維新《にしおいしん》（10月24日公開）
１９８１年生まれ。『クビキリサイクル　青色サヴァンと戯言遣い』で第23回メフィスト賞を受賞し、デビュー。同作に始まる「戯言シリーズ」のほか、〈物語〉シリーズ、「忘却探偵シリーズ」、「美少年シリーズ」、「返却怪盗シリーズ」など著作多数。

小川一水《おがわいっすい》（10月31日公開）
１９７５年、岐阜県生まれ。１９９６年『まずは一報ポプラパレスより』でデビュー（河出智紀名義）。『第六大陸』、「漂った男」、「アリスマ王の愛した魔物」、『コロロギ岳から木星トロヤへ』、「天冥の標」シリーズで5度、星雲賞を受賞。「天冥の標」シリーズは、第40回日本ＳＦ大賞も受賞した。それ以外にも、『ツインスター・サイクロン・ランナウエイ』ほか多くの著作がある。

櫛木理宇《くしきりう》（11月7日公開）
１９７２年、新潟県生まれ。２０１２年『ホーンテッド・キャンパス』で第19回日本ホラー小説大賞読者賞を受賞し、デビュー。同年「赤と白」で第25回小説すばる新人賞を受賞。「ホーンテッド・キャンパス」シリーズは累計１５０万部を突破。映画化された『死刑にいたる病』も20万部突破のベストセラーに。他にも『少年籠城』『虜囚の犬』など多くの著作がある。

小《お》野《の》寺《でら》史《ふみ》宜《のり》（11月14日公開）
１９６８年、千葉県生まれ。２００６年「裏へ走り蹴り込め」で第86回オール讀物新人賞を受賞してデビュー。２００８年『ROCKER』で第3回ポプラ社小説大賞優秀賞を受賞。２０１９年、『ひと』が第16回本屋大賞第2位に選ばれ、ベストセラーに。他の著書に『夫妻集』『みつばの泉ちゃん』『レジデンス』『近いはずの人』などがある。

赤《あか》川《がわ》次《じ》郎《ろう》（11月21日公開）
１９４８年、福岡県生まれ。１９７６年に『幽霊列車』でオール讀物推理小説新人賞を受賞しデビュー。「四文字熟語」「三姉妹探偵団」「三毛猫ホームズ」など、多数の人気シリーズがある。長年のミステリー界への貢献により、２００６年、第9回日本ミステリー文学大賞を受賞。２０１６年、『東京零年』で吉川英治文学賞を受賞。

柾《まさ》木《き》政《まさ》宗《むね》（11月28日公開）
１９８１年、埼玉県川越市生まれ。ワセダミステリクラブ出身。２０１７年、『ＮＯ推理、ＮＯ探偵？』で「メフィスト」座談会を喧々囂々たる議論の渦に叩き込み、第53回メフィスト賞を受賞しデビューを果たす。著書に『朝比奈うさぎの謎解き錬愛術』『ネタバレ厳禁症候群～So signs can't be missed!～』『困ったときは再起動しましょう　社内ヘルプデスク・蜜石莉名の事件チケット』などがある。最新作は『まだ出会っていないあなたへ』。

高《たか》田《だ》崇《たか》史《ふみ》（12月5日公開）
東京都生まれ。明治薬科大学卒業。１９９８年、『ＱＥＤ百人一首の呪』で第9回メフィスト賞を受賞し、デビュー。講談社ノベルス最長の人気シリーズである「ＱＥＤ」をはじめ、怨霊史観ともいえる観点から、歴史×ミステリーをテーマにした作品を数多くものしている。２０２３年、デビュー25周年記念として初の時代小説『江ノ島奇譚』を上梓。

真《ま》下《した》みこと（12月12日公開）
１９９７年生まれ。２０１９年「＃柚莉愛とかくれんぼ」で第61回メフィスト賞を受賞。２０２０年同作でデビュー。著書に『あさひは失敗しない』『茜さす日に嘘を隠して』『舞璃花の鬼ごっこ』『わたしの結び目』がある。

彩《あや》坂《さか》美《み》月《つき》（12月19日公開）
山形県出身。早稲田大学第二文学部卒業。２００９年、第7回富士見ヤングミステリー大賞準入選作『未成年儀式』でデビュー（文庫化の際に『少女は夏に閉ざされる』に改題)。他の著書に『夏の王国で目覚めない』『柘榴パズル』『金木犀と彼女の時間』『向日葵を手折る』など。

芦沢《あしざわ》 央《よう》（12月26日公開）
１９８４年、東京都生まれ。千葉大学文学部卒業。２０１２年、『罪の余白』で第３回野性時代フロンティア文学賞を受賞し、デビュー。『火のないところに煙は』『カインは言わなかった』『僕の神さま』『汚れた手をそこで拭かない』『神の悪手』『夜の道標』など著作多数。２０２３年、『夜の道標』が第76回日本推理作家協会賞の「長編および連作短編集部門」を受賞。

大山《おおやま》誠一郎《せいいちろう》（1月9日公開）
１９７１年生まれ。京都大学推理小説研究会出身。２００４年、『アルファベット・パズラーズ』でデビュー。２０１３年、『密室蒐集家』で第13回本格ミステリ大賞を受賞。『アリバイ崩し承ります』は『２０１９本格ミステリ・ベスト10』で第１位に輝き、連続ドラマ化も果たす。２０２２年、「時計屋探偵と二律背反のアリバイ」で第75回日本推理作家協会賞（短編部門）を受賞。

青羽《あおば》 悠《ゆう》（1月16日公開）
２０００年、愛知県生まれ。２０１６年、『星に願いを、そして手を。』で第29回小説すばる新人賞を史上最年少の16歳で受賞しデビュー。著作に、『凪に溺れる』『青く滲んだ月の行方』『幾千年の声を聞く』がある。

阿部《あべ》暁子《あきこ》（1月23日公開）
岩手県出身。２００８年、『屋上ボーイズ』（応募時タイトルは「いつまでも」）で第17回ロマン大賞を受賞しデビュー。『どこよりも遠い場所にいる君へ』はベストセラーとなり、『パラ・スター〈Side 百花〉』『パラ・スター〈Side 宝良〉』は「本の雑誌が選ぶ２０２０年度文庫ベストテン」第１位に選ばれた。最新刊は『金環日蝕』。

河村《かわむら》拓哉《たくや》（1月30日公開）
１９９３年生まれ。東大発の知識集団QuizKnock のメンバーの一人。２０１６年にＷｅｂメディア「QuizKnock」の立ち上げに参加。現在は、動画企画の制作や出演を行っている。２０２１年からＷｅｂサイト「tree」で書評「河村・拓哉の推し・文芸」を連載。クイズプレイヤー、YouTuber、プロデューサー、作家など多方面で活躍中の若き新鋭。

阿月《あづき》まひる（2月6日公開）
大阪府生まれ。第1回角川文庫キャラクター小説大賞で評価を集め、2018年、『さよなら、ビー玉父さん』でデビュー。その他の著作に『たとえ好きなものが見つからなくても』がある。リズミカルな文体で、人間関係のなかで育まれる繊細な感情を描くことを得意とする。

吉川《よしかわ》トリコ（2月13日公開）
1977年生まれ。名古屋市在住。2004年、「ねむりひめ」で第3回「女による女のためのR－18文学賞」大賞および読者賞を受賞。同年、同作が収録された短編集『しゃぼん』でデビュー。2021年「流産あるあるすごく言いたい」（『おんなのじかん』収録）で第1回PEPジャーナリズム大賞オピニオン部門受賞。2022年には『余命一年、男をかう』で第28回島清恋愛文学賞を受賞。その他にも『あわのまにまに』『流れる星をつかまえに』など多数の著作がある。

矢部《やべ》　嵩《たかし》（2月20日公開）
1986年生まれ。2006年に「紗央里ちゃんの家」で第13回日本ホラー小説大賞長編賞を受賞し、同作でデビューを果たす。他の著作に『保健室登校』『魔女の子供はやってこない』『〔少女庭国〕』など。2020年よりWebサイト「tree」で掌編ホラー小説「未来図と蜘蛛の巣」を連載。

夏川草介《なつかわそうすけ》（2月27日公開）
1978年、大阪府生まれ。信州大学医学部卒業。医学博士。2009年『神様のカルテ』で第10回小学館文庫小説賞を受賞しデビュー。同作は2010年、第7回本屋大賞第2位となり、2011年に映画化もされ、シリーズは300万部を超えるベストセラーとなる。他の著書に「神様のカルテ」シリーズ、『勿忘草の咲く町で』『本を守ろうとする猫の話』『レッドゾーン』などがある。

波木《なみき》　銅《どう》（3月6日公開）
1999年、茨城県生まれ。2021年、『万事快調〈オール・グリーンズ〉』で第28回松本清張賞を受賞しデビュー。正邪曲直で表現し難い人間の内面を軽やかな筆致で描き浮かび上がらせる、文芸界の若き才能。

潮谷《しおたに》　験《けん》（3月13日公開）
1978年、京都府生まれ。第63回メフィスト賞受賞。デビュー作『スイッチ　悪意の実験』が発売後即重版に。「王様のブランチ」（TBS）で特集されるなど話題になる。2

作目の『時空犯』は、リアルサウンド認定2021年度国内ミステリーベスト10選定会議で第1位に選ばれた。2022年には『エンドロール』『あらゆる薔薇のために』を次々と刊行。

竹本《たけもと》健治《けんじ》（3月20日公開）
1954年、兵庫県生まれ。大学在学中にデビュー作『匣の中の失楽』を伝説の探偵小説専門誌「幻影城」に連載し、1978年に幻影城より刊行。日本のミステリ界に衝撃を与えた。以来、ミステリ・SF・ホラーと幅広く活躍し、ファンから熱狂的支持を受けている。また天才囲碁棋士・牧場智久を探偵役としたミステリ長編『涙香迷宮』で『このミステリーがすごい！ 2017年版』国内編第1位、第17回本格ミステリ大賞に輝く。近著に『話を戻そう』がある。

佐《さ》野《の》徹《てつ》夜《や》（3月27日公開）
1987年、京都府生まれ。2016年『君は月夜に光り輝く』が第23回電撃小説大賞《大賞》を受賞し、翌年デビュー。同作は大ヒットし、コミカライズ・映画化された。他の著書に『アオハル・ポイント』『さよなら世界の終わり』などがある。

長谷《はせ》敏司《さとし》（4月3日公開）
1974年、大阪府生まれ。関西大学卒業。2001年、第6回スニーカー大賞金賞を受賞した『戦略拠点32098 楽園』でデビュー。2009年、『あなたのための物語』で「ベストSF2009」国内篇第2位。2014年、『My Humanity』で第35回日本SF大賞を受賞。『プロトコル・オブ・ヒューマニティ』が、「ベストSF2022」国内篇第2位にランクイン。その他にも『BEATLESS』、「ストライクフォール」シリーズなど多くの著作がある。

篠原《しのはら》美季《みき》（4月10日公開）
横浜市在住。「英国妖異譚」でホワイトハート大賞〈優秀賞〉を受賞しデビュー。シリーズ化され大人気に。主人公たちの成長に伴い、パブリックスクールを卒業した後は「欧州妖異譚」さらに「古都妖異譚」シリーズとして書き続けられている。その他「セント・ラファエロ妖異譚」「あおやぎ亭」シリーズがある。「ヴァチカン図書館の裏蔵書」シリーズ、「琥珀の Riddle」「倫敦花幻譚」シリーズほか著作多数。近著は『シモン・ド・ベルジュはかく語りき』。

献鹿《けんしか》狸《まみ》太朗《たろう》（4月17日公開）

1999年生まれ。16歳の時、「月刊少年マガジンR」にて三ヶ嶋《みかしま》犬太朗《けんたろう》名義の『夜のヒーロー』で漫画家デビュー。高校卒業後すぐに「ヤングマガジンサード」にて『踊るリスポーン』連載開始。第59回文藝賞で「青辛く笑えよ」が最終候補となる。2023年、初の短編小説集『赤泥棒』が発売後即重版となる。現在慶應義塾大学大学院在学中。

三津田《みつだ》信三《しんぞう》（4月24日公開）

奈良県出身。『ホラー作家の棲む家』（文庫で『忌館』と改題）で作家デビュー。ホラーとミステリを融合させた独自の世界観で人気を得る。『厭魅《まじもの》の如き憑くもの』にはじまる「刀城言耶」シリーズの長篇第5作『水魑《みづち》の如き沈むもの』で、第10回本格ミステリ大賞を受賞。他の著書に、映画化された『のぞきめ』、「死相学探偵」シリーズ、「家」シリーズ、「物理《もとろい》波矢多《はやた》」シリーズ、「幽霊屋敷」シリーズなどがある。最新刊は『歩く亡者　怪民研に於ける記録と推理』。

初出

会員制読書クラブ

「メフィストリーダーズクラブ」〈MRC〉

Mephisto Readers Club

（https://mephisto-readers.com/）の

有料会員限定コンテンツ「MRCショートショート」で、

2022年10月3日から2023年4月24日までに公開された

29編の作品に加筆・修正したものです。

嘘《うそ》をついたのは、初《はじ》めてだった

2023年11月13日　第1刷発行

編　者　講談社《こうだんしゃ》
発行者　髙橋明男
発行所　株式会社講談社
〒112-8001　東京都文京区音羽2丁目12-21
電　話　編集　03-5395-3506
販売　03-5395-5817
業務　03-5395-3615

KODANSHA

本文データ制作　講談社デジタル製作
印刷所　株式会社KPSプロダクツ
製本所　株式会社国宝社

定価はカバーに表示してあります。
落丁本・乱丁本は購入書店名を明記のうえ、小社業務宛にお送りください。送料小社負担にてお取り替えいたします。なお、この本についてのお問い合わせは、文芸第三出版部宛にお願いいたします。

ISBN 978-4-06-531203-2
N.D.C.913 228p 19cm

MRC

メフィストリーダーズクラブ発、
大好評
ショートショート企画
第一弾

『黒猫を飼い始めた』

最初の1行は全員一緒。どんでん返しは無限大。

執筆者一覧

青崎有吾　河村拓哉　辻真先　三津田信三
秋竹サラダ　紺野天龍　似鳥鶏　宮西真冬
朱野帰子　潮谷験　原田ひ香　森川智喜
一穂ミチ　斜線堂有紀　方丈貴恵　矢部嵩
犬飼ねこそぎ　周木律　柾木政宗　結城真一郎
小野寺史宜　杉山幌　真下みこと
紙城境介　高田崇史　円居挽

（50音順）